MW01641530

洪範文學叢書㊲

棋王

張系國

洪範書店印行

天機欲覷話棋王

余光中

論者常說，臺灣的小說近來一直陷於低潮，欲振乏力。對於我們的小說家說來，這是不太公平的。我認爲這幾年的小說，非但沒有萎縮，而且頗有變化。多采多姿，當然還說不上，可是風格獨具的作品卻不斷出現，而彼此之間在風格上的差異，也顯示了臺灣小說生命的多般性。以「受評量」最大的兩本小說《家變》與《莎喲哪啦，再見》爲例，當可發現，無論在主題，語言，或態度上，目前的「熱門書」和於梨華，白先勇，林懷民等等的那個「時代」已經頗有距離了。大致上說來，近年臺灣小說的作者與讀者，已經漸漸把注意與關切的焦點，在空間與時間上加以調整，轉移到七十年代的臺灣來了。無可諱言，近年臺灣社會的形態已隨政局的驟變而大爲改觀，反映在文學上，這種新的形態也需要新的詮釋。除了少數例外，已經成名的小說家，面對新時代與新形態，似乎詮釋爲難，一時無話可說。新的詮釋來自更年輕的一代。在臺灣長大的張系國先生，正是代表之一。張系國在文壇上是一位獨來獨往的人物。他研究的是科學，關心的是民族與社會，創作的卻是小說。他寫小說，是有感而發，有爲而作，因此對於社會的病態，民族的危機，著墨最多。以前的小說家批評的對象是農業的舊社會，張系國批評的卻是工業的新文明。他身爲科學專家，對於機器壓倒人性的工業文明，自然比一般文科出身的作家了解更深。如果說，白先勇的作品是感性的，回顧的，絕望的，則張系國的該是知性的，前瞻的，企望的。如果說，白先勇的作品是從肺腑中流出來的，則張系國的，該是冷靜的腦加上熾熱的心的結晶。張系國的科學訓練，人道胸襟，和遠矚眼光，令我們想起威爾斯，赫克斯黎，歐威爾，史諾等現代作家的先知精神與知性傳統。中國小說，甚至中國的文學，在這一方面如果不是十分荒蕪，至少也是開墾不力。張系國這樣的作家出現在當前的文壇，可說是一股健康而清醒的活流。

實際上，這股活流注入臺灣的文壇，先後已經有十年了。從早期的《皮牧師正傳》到最近的這本《棋王》，張系國的作品從小說到劇本，從批評到方塊小品，觀察和思考的天地是異常廣闊的。六十年代的臺灣小說，一度幾乎爲盜印版的存在主義和意識流技法所淹沒。年輕的張系國始終把握著他的民族意識和社會良心，不甘隨潮浮沉。他是我們最肯想，最能想，想得最切題的作家之一。

在《讓未來等一等吧》的後記裡，張系國說：「這些年來，困擾著我的始終是同一個問題：我們這一群植根於臺灣的中國人，究竟是怎樣的中國人？我們是甚麼？我們應如何安身立命？我說『植根於臺灣的中國人』，因爲在我看來，籍貫不重要，出生地點不重要，甚至現在身在何處也不重要。只要關心臺灣，自認是這個社會的一份子，就是植根於臺灣的中國人……我很想從系統科學，人道主義以及中國傳統哲學的迷宮裡，整理出一套可行的實用哲學，做爲個人安身立命的基礎。」一位小說家有這樣的抱負，這樣的先知先覺，自然言之有物，立腳點先已高人一等，不用像瘂弦筆下喟歎的「走馬燈，官能，官能，官能」那樣，在意識流的盲目世界裡亂衝亂撞。

三十歲一代的青年人物之中，能出現張系國這樣有擔有當，能感能想，既不悲觀自傷也不激傲凌人的角色，是極其難能可貴的。不少所謂「旅美學人」，偶爾回國做一次客，事事看不順眼，便指東指西地評論一通，似乎國家興亡全是他人的責任，似乎只有臺灣負他，他卻不負臺灣。張系國每次回來，不是上山下鄉，深入民間，便是發展中文電腦，寫小說和方塊，做的都是正面的建設工作。我總認爲，張系國對於國內青年的意義，不但是文學的，更是文化的。我認爲他是一位心胸寬闊而目光犀利的「文化人」，七十年代海外的中國知識份子之中，他的觸覺該屬於最敏感的一等。值得高興的是，這樣的敏感能生動而具體地表現於小說。

張系國的小說大致說來有下列幾個特點。其一是長於思想，饒有知性。此點前文已略加申述。張系國自己也承認他有探討哲學的傾向。儘管如此，他的作品並不流於抽象或玄學。相反地，他的小說頗爲經驗化，很有戲劇性，故事的發展簡潔而明快，絕少冗長的叙述或繁瑣的形容。其二是語言豐富而活潑。張系國的白話不但寫得純淨而流暢，更因融合了少量的文言和歐化語而多采多姿。他的語言十分自然，絕少雕句琢詞，或是跑意識流的野馬。他的對話生動而有現實感並且充分配合身份各殊的口吻：〈亞布羅諾威〉和〈地〉兩篇裡的對話就是最好的例子。在處理知識份子尤其是學生的口語上，張系國確乎自成一家，臺灣地區流行的學生俚諺，甚至章回小說，武俠小說的用語，到了他的筆下，每每都有點睛之妙。嚴肅的主題和幽默的語言，在他的作品裡形成了有趣的對照。其三是時代性與社會感。這兩種因素一經一緯，交織成立體的感覺。就知識份子的現實生活和心理狀態而言，張系國是很能夠「進入情況」的一位小說家。近六年來，他間歇回國，定居的時間並不算長，但是由於關心國家和社會，更由於科學修養的背景，他對於臺灣經濟發展的現況和新社會知識份子的處境等等，可說比一般定居國內的作家更有認識。日趨工業化的臺北市，在他的作品裡勾出了一個新的面貌：那裡的臺北人，生活在經濟掛帥的七十年代，和白先勇筆下的已有頗大的不同。但是這樣的時代性並不止於表面的描寫，因爲背後包含的是知識份子對於社會深切的關懷，以及愛之深責之切的批評。張系國的小說手法有時是寫實，例如〈地〉，有時是寓意，例如〈超人列傳〉，手法儘管不同，社會批評的苦心卻是不變的。他在《地》一書的後記裡說：「孔拉德曾說過，小說的功用是『使人們看見』。至於看見的世界是美是醜，卻並非小說的作者所能左右。」又說：「在這灰暗的世界裡不論做甚麼事都是灰暗的，寫小說也不能例外吧？」我不認爲張系國小說的世界是灰暗的，因爲他仍然心存批評，而批評就意味著不放棄希望。只有虛無主義那種官能的走馬燈，才是灰暗的。

上述的三種特色，並見於去年在「人間」連載的小說《棋王》，並且有了更新的組合。《棋王》叙述的故事，生動而緊湊，從頭到尾節奏明快，加速進行，以達於篇末的高潮。就說故事的技巧而言，《棋王》雖不是一篇偵探小說，卻充滿此類小說的懸宕感，令人一開了卷就無法釋手。

《棋王》一開始，故事的線索就牽出了好幾根。電視公司的夥伴是一根，老同學是一根，廣告社的同仁是一根，弟弟又是一根。這幾條線都由主角程凌牽出來，起初牽來繞去，似乎很亂，但是等到五子神童的主線拉開來之後，幾根輔線便各就各位，漸漸地扭成一股了。從神童顯靈到祕密洩露，再從神童失踪到棋王決賽，故事之索愈扭愈緊，甚至到決賽之後仍不放鬆：張系國說故事的技巧是迷人的。

我認爲《棋王》的主題有正反兩面：正面是寓意，反面是寫實，正面是哲學的，反面是社會的。正面的主題在於探討所謂神童的意義。作者在書中的代言人是主角的弟弟，他不時假弟弟之口來思考神童的意義。弟弟先後用來布尼茲的「單子論」和熱力學上的熵，來解釋神童超人的智力。來布尼茲的單子是一個個絕緣的靈魂，由於沒有窗戶，雖有選擇的自由，卻無選擇的先見。超人的智力就像開了窗的單子，能夠參造化，覷天巧。但天機玄妙，豈容洩漏？一個人要獨坐在空而大的暗廳中駭視人類未來的預告片，負擔未免太重了。卡珊朱娳能預卜未來，乃遭天譴。普洛米修司盜火授人，爲神所懲。賴阿可昂覷破木馬，爲蟒所縊。中國的寓言也是如此：倉頡造字，天竟雨血；渾沌開竅，七日而終。莊子渾沌鑿竅的寓言，和程凌弟弟所說的宇宙留縫的譬喻，有異曲同工之妙。天機既不可洩，超人竟要張目逼視，驚心傷神，自然不堪負荷，爲求自保，不如關上窗子，混沌度日。

凡人是常態，超人是變態，變態的東西是不能持久的。正如熱力學上所說，一樣體系裡熵愈多則愈混亂，熵愈少則愈整齊，但是熵少的體系都不能持久，神童的體系少熵，故不能持久。五子神童處於這樣的反常狀態，前有繁複的天機要他獨力去搏鬥，後有社會的壓力要利用他的神通，他畏縮了。而最饒意義的一點，是他在畏縮不前的緊要關頭，竟發現了人的尊嚴和勇氣；他臨時決定放棄非份的天賦，僅憑人力，僅憑他的「本份」(normal share)來克服難關。天賦猶如中獎，是運氣，也是不幸。人爲的選擇才是努力，才是自立，才是眞正的自由。與其迷信「成事在天」，不如相信「人定勝天」。這才是存在主義最高的意義。這一點，值得程凌的朋友們，也值得一切關心國家前途的人，細細體味。

解罷主線，再來試解輔線。《棋王》故事的主線，是神童之發現，考驗，與變質，但是在放線的過程之中，本書的反面主題也藉幾根輔線的交織而漸漸展開，呈現在讀者眼前的，是七十年代臺灣新型社會裡知識份子的面貌。搞電視的張士嘉，畫裸女的高悅白，炒股票的周培，以這些人物爲代表七十年代典型的小知識份子都十分現實，爲了拜金，不惜投機取巧，甚或嘲弄他人的理想。這些人都是程凌的朋友，至少也是夥伴，他們的弱點程凌都很明白，可是程凌自己也是脆弱的，並無抗拒的力量。在半迎半拒的心情下，他被朋友牽著鼻子走，結果是電視也搞了，裸女也畫了，股票也炒了。

套用張系國愛用的江湖術語，程淩這人不能分入黑白兩道，只能算是可黑可白，一味妥協的灰色人物。他追女孩沒有魄力，搞節目不夠四海，炒股票缺乏狠勁，正經畫畫呢，又沒有自信，不耐寂寞。白道可敬，黑道可恨，可白可黑的人物才是小說裡最可玩味的角色。大賢大奸畢竟不是人性的常態，因爲兩者都是「吾道一以貫之」的高度秩序，人生觀的焦點對得非常之準。但是芸芸衆生只能在黑白兩道之間徘徊，爲善無志，作惡無膽，對人生的看法只像一具焦點對不準的鏡頭。其實，程淩的朋友們也算不得黑道人物，只是比程淩更灰罷了。

程淩灰得不深，在小人與君子之間，似乎還更近君子，所以他一方面可以喻於利，另一方面也可以喻於義。《棋王》裡面也盡有肯定的人物，程淩的母親，弟弟，同學黃端淑和馮爲民，老師方教授，還有，不要忘了，那位五子神童本身，都可歸入此類。程淩不能投入他們的行列，卻能夠欣賞他們的力量和情操。不過這種欣賞是片段的，不足以形成信仰。早年他也曾信仰過宗教和藝術，也曾和同學辦過雜誌，肯定過文化的價值，但不久即安於「第二流」的自覺，放棄了。馮爲民稱讚方教授退休以後還計畫寫書，他說：「他們老一輩的讀書人……硬是守得住。換了我，我就守不住。你守得住嗎？」程淩的回答是：「時代變了。我敢說，方先生一輩子沒有爲錢操過心。他不會賺錢，也不想賺錢。老一輩都是這樣，價值觀念不同。我們非要賺錢不可。」對於程凌，錢就是自由，而自由，比歷史潮流更重要。可是爲了賺錢，首先必須犧牲不少自由。錢所保障的那點自由，是用更多的自由換來的。我認識一些心活手快的優秀青年，他們認爲叫化子不能搞文化，得先賺錢，等錢賺夠了再回頭搞文化還不遲。問題是賺了錢之後，一個人的價值觀念就變了。經濟帶頭的社會，對我們的青年眞是一大考驗。

五子神童一出現，程凌的價值觀念便受到新的震撼。對於他的朋友們，能夠未卜先知的神童是一株搖錢樹，可以用來號召觀衆，猜考題，測股票。馮爲民提議向神童求解人類前途之類的大問題，立刻遭到否決。大家都認爲大問題太浪費時間，還是搖錢重要。正當這時，神童忽然失踪了。等到他尋獲時，他已經喪失了神力，於是搖錢樹倒，財奴四散。臺北社會唯利是圖的現象，到此反映無遺。通俗電影和武俠小說裡群雄奪寶的公式，到了張系國筆下，揚棄了暴力，保留了懸宕，竟用來處理這麼嚴肅的題材。這一點再度證明，廢銅爛鐵，張系國隨手拈來，都能派上用場。

人人都想投機取巧，不勞而獲，身爲機巧之鑰的神童，在接受重大考驗的關頭，竟然捨天巧不用，而用人謀。這種死裡求生，自絕以自拯的勇氣，令程凌感愧。這才是眞正的自由，誰說歷史是不由人的？神童說：「我不需要未卜先知。我自己會下。」下棋，是一個象徵。世事如弈，成敗還靠自己。程凌回到自己的畫，他恢復了信心。《棋王》不愧是一部傑出的寓言。

書中還有一位獨來獨往的角色，劉教授。這是張系國創造的最迷人的角色之一。（眞希望張系國寫一部《儒林新史》，讓我做第一位預約的讀者吧。）我說迷人，因爲劉教授也是一位可黑可白彈性很大的角色，僞君子，大蓋仙，江湖學者，青年才俊，似乎交疊在他的身上。初見此人，有點可笑，有點可鄙，也有點可惡。在張系國嘲弄的筆法下，這位大騙子竟然被衆人同謀的騙局所愚，反而處之泰然。看到這一幕，又覺得此人値得同情，竟有點可愛了。劉教授旣不願死讀書，也不願死賺錢，只願意戲弈人間，「小混」一場。

這麼說來，《棋王》的世界裡並沒有一個眞正的惡人。張系國審視的人性，是弱點，不是罪惡。弱點是値得同情的，張系國對他的人物，向來是同情多於譴責。他是一位寬厚的道德家，一位筆鋒略帶漫畫諧趣的諷刺作家，性情溫和，點到痛處爲止，並不刻意傷人。他的諷刺畫是線條淸晰的鋼筆素描，簡潔而精確，不是刀鋒凌厲的木刻，是庫魯克先克，不是杜米葉。

《棋王》的文體穩健中透出詼諧與灑脫；對話，動作，外景，意識，回憶等等組合得自然而流暢，偶爾也穿插一點蒙太奇之類的手法，但不耽溺成癖。作者是一位能放能收的文體家。他的對話是一絕，從不失誤。比起他的對白來，某些作家的對白顯得死氣沉沉，像臺詞不熟的排演。他的敘述部分有時稍感逞才，失之駁雜。例如程凌見到丁玉梅，「一股怒氣，頓時飛散到爪哇國」之類的文句，放在敘述裡就不如放在對白裡好。我始終以為，對白的文體應與敘述的文體有所分別，才能收對照相襯之功。此外，長於思考的張系國並不拙於抒情與寫景，他的小說在知性與感性之間乃得保持適度的平衡。他的發展輕快而有節奏，少有拖泥帶水之病。故事說得這麼高明，對白簡直不用改寫，《棋王》如能拍一部電影，即以臺北市為背景，一定非常叫座。就看那些成天在甚麼風甚麼夢裡捉迷藏的「愛情卡通」的導演們，有沒有先見之明了。

因為這才是臺北。

一九七五年三月

1

張士嘉連攔三輛計程車，才攔到一輛有冷氣的，他和程凌忙鑽進去。司機要按下里程計，張士嘉止住他。

「別急，先開冷氣。」

「對不起，先生，冷氣機壞了。」

「爲甚麼不早講？我們換一輛。」

張士嘉推開車門，程凌坐著沒動。

「算了罷。沒多遠，熱不死你。」

「有冷氣車，不坐白不坐，還是換一輛。」

程凌伸手把車門關上。

「開車開車。到電視大樓。」

司機回頭看他們。程凌說：

「不要理他。開車。」

張士嘉也說：

「好啦。到電視大樓。」

司機發動機器，嘴裡咕噥著：

「年紀輕輕的，只曉得享受，冷氣有那麼要緊？我們剛到臺灣，電扇都沒有，還不是活過來了？現在連坐車都要冷氣，眞是在福不知福。」

張士嘉坐直身軀。程凌按住他，掏出香煙。

「來來來，大家抽一根。」

司機點著煙，又發話了：

「兩位看樣子也唸過書。學校裡有校規，兩位一定知道。每一行都有每一行的規矩。坐計程車有坐計程車的規矩，上車就得坐一程。這位先生一看沒有冷氣，就要下車。幸虧碰到我好脾氣，換別人早就找你麻煩了。」

程凌對張士嘉扮個鬼臉。

「約好甚麼時候？」

「四點半。」

「下甚麼棋的？」

「一百元賭你三次猜不到。」

「圍棋？象棋？西洋棋？」

「五子棋。」

「搞你不過。五子棋有甚麼好比，格調太低了。」

「管他呢，總比書法比賽、珠算比賽好些。我已經黔驢技窮，你又不幫忙多出主意。」

程凌看著車窗外，突然大叫：

「小心！」

車子猛然右轉，一位摩托騎士擦身而過。司機怒喝：

「找死啊？」

張士嘉回過頭，那輛摩托車翻倒在路旁。

「是你的錯。你太靠左邊，過了線。」

「怎麼是我的錯？你這位先生講話好沒有道理。摩托車根本不該走內線。他自己超車，跑到我這邊來。就算出車禍，是他的錯，怎麼說我過線？你們讀過書的人，講話要多用用腦筋。沒有看清楚，不要亂講話。」

程凌和張士嘉都搖搖頭。程凌胡亂吹起口哨。車子在電視大樓對街停住。程凌俯身向前：

「可不可以請你兜過去？」

「不行。」

張士嘉推開車門跳出來。程凌付了車費，追上張士嘉。

「誤上賊船，受不了。」

「都是你。叫你換輛車你不肯。」

「你不講換車，他就不會發脾氣。」

張士嘉笑了。

「算我的錯。爲了坐冷氣車，聽一場訓話，也值回票價。」

程凌推開電視大樓的旋轉門，一股冷風迎面撲來。張士嘉直拉衣領，讓冷氣灌進去。程凌走向電梯，三位少女候在一旁。電梯門開了，程凌讓她們先進去，揿下九樓的電鈕，朝女孩投出一個問號。

「請按三樓。謝謝。」

三樓。幾個女孩出去。程凌再揿一次九樓。

「新來的？長的都不賴。」

「大概是訓練班的學員。」張士嘉看看錶。「剛好。我想半個鐘頭就可以談完。」

「你會下五子棋？」

「我不下。只是先隨便跟小鬼談談。如果覺得有苗頭，再另找高手考驗他的功夫。」

「神童世界最近收視率如何？」

「不佳。我們有我們的基本觀眾，但還是站不住腳。我這個節目製作人恐怕幹不長了。主意是你想出來的，我垮了一定找你算賬。」

「我的主意並不壞，你要找真的神童。假神童，誰愛看？」

「臺灣哪裡有那麼多神童。你算算看，一千四百萬人口，就算二十萬人裡有一個神童，七十個。神童世界已經播出三十一次，用完一半了，還有甚麼戲唱？」

「你找到的都算不上神童。小楷寫得好就是神童，太可笑了。現在連會下五子棋都算神童，你的節目當然沒救。」

「別盡說風涼話，幫忙出主意，千萬拜託。」

九樓的走廊裡擺了一架鋼琴。丁玉梅坐在鋼琴前，端詳著琴譜。看到他們走來，她綻開一個微笑，舉起手臂：

「嗨。」

張士嘉說：

「妳怎麼在這裡。人呢？」

「他在你辦公室。我跟他實在沒有甚麼好談的。我又不會下五子棋。問他別的，他都答不上來。木得很。你跟他談談就知道了。」

「妳要不要一起談談？」

「我在外頭等你。我也不會下五子棋。」

丁玉梅皺皺鼻子。張士嘉看程凌，程凌連忙說：

張士嘉嘆口氣。

「情況不妙。兩星期找不到一名神童。這位準神童，我們的大小姐又不喜歡。」

「我沒有說不喜歡。我又不懂下棋。說不定他棋眞下得好，一美遮百醜。你自己跟他談嘛。」

「好吧。你們不要跑遠，我就出來。」

丁玉梅等張士嘉走開，輕聲問程凌：

「你眞的不會下五子棋？」

「會是會，可是我沒興趣陪神童下棋。」

丁玉梅噗哧笑起來。

「甚麼神童，還不都是小孩子，比較有點天份就是了。前幾次盡是音樂神童。唱歌、拉提琴、彈鋼琴，好膩味。還是上個月的心算神童有趣，他眞的算得快。你看到了吧？」

「沒有。我那次剛好有事。」

「哼，說謊。你一定不喜歡看神童世界。」

「妳主持的節目，我怎麼會不看？不想看神童，也想看妳。對不對？」

丁玉梅眨眨睫毛。她站起來，闔上琴蓋。程凌掏出煙，丁玉梅接過一根。

「誰找來的五子棋神童？」

「不知道。好像是一位同事親戚的小孩。」丁玉梅從長褲背後口袋摸出打火機。「前一陣才好玩哩。好多家長把小孩送來，一定說是神童，不能上電視就大發脾氣。把張士嘉搞慘了。他老是說你害人不淺，後悔不該聽你的主意。」

「這傢伙過河拆橋，下次不幫他出主意了。」程凌說。「走，我請妳喫西瓜去。」

「現在啊？張士嘉不是要我們在這裡等他？」

「我們就到樓下餐廳，一會再上來找他。」

電梯裡，丁玉梅目不轉睛望著程凌。

「你好像又胖了。」

「我和你們女人一樣，最忌諱這字。」

「我才不怕胖。我想胖還胖不起來呢。我媽老嫌我太瘦，怕我肚子裡有寄生蟲，還要我喫小兒鷓鴣菜，你說可笑不可笑？」

「我就是小時候喫鷓鴣菜喫太多，消化系統太過健全，才有今天。」

丁玉梅睜大眼睛。

「眞有這麼靈？那我倒要試試看。」

「可是妳必須戒煙。喫鷓鴣菜不能抽煙，否則反而會鬧消化不良。」

「我就知道你騙我，我抽煙只是玩玩，又不是眞吸進去。對了，我給你看一樣東西。」丁玉梅舉起左手臂，湊到程凌面前。

「恭喜恭喜。訂婚怎麼都沒通知一聲？」

「死相。也不看清楚戴在那一根指頭上。我爸爸送給我的生日禮物。漂亮不漂亮？」

「他從新加坡回來了？」

「又走了。漂亮不漂亮？有半克拉呢。」

「說不定是假鑽。」

「你這個人！總有一天，有人會好好整你，我才樂呢。」

程凌要了兩客西瓜。丁玉梅碰到一個熟人，他又多要了一客。搬回桌上。丁玉梅大方的招呼。

「給你們介紹一下。王小姐。程總經理。」

「我已經替妳拿了一客西瓜，沒關係吧？」

王小姐吃吃笑著。

「程總經理眞是太客氣了。」

「我叫程凌。總經理的頭銜，唬人用的。妳看我這樣子像總經理嗎？」

丁玉梅對王小姐說：

「他眞的是總經理，有一家廣告社在南京東路上。程凌，你給她看你的名片。」

「我沒有名片。」

「他有。好考究的名片。妳一定沒看過這麼漂亮的名片。程凌，拿一張出來。」

「我沒有名片。」

「拿一張出來。」

程凌從皮夾裡掏出名片。丁玉梅一把奪過去，遞給王小姐。

「妳看，摺起來的名片，設計得好別致。他自己設計的。程凌還是畫家哩。」

「我不是畫家。」

「假謙虛。畫廣告畫也是畫家。程凌還會速寫人像。程凌，你現在就給王若芬畫一張。」

「別胡鬧。」程凌對王小姐說：「王小姐也在電視公司服務？」

王小姐點點頭，丁玉梅搶著說：

「她是我們公司新聞採訪組的副主任。程凌，你給她畫一張速寫吧。」

程凌不理會丁玉梅。

「王小姐是學新聞的？」

「不是。我和玉梅是同學，我比她高兩班。」王小姐擺弄著程凌的名片。「程先生眞是多才多藝，這名片設計得好極了。」她把名片收到皮包裡。「對不起，我得回去了，謝謝你請客。你們慢慢談啊。」

程凌站起來。丁玉梅說。

「下次妳該叫他給妳畫一張速寫，擺擺。」

王小姐笑著點頭。程凌坐下，拿起小叉子。

「幹甚麼把人家嚇跑。」

「唷，幫你介紹女朋友，還不好？有我大力宣傳，你的廣告社生意也會好些。」

「搞妳不過。下次不請妳客。」

丁玉梅不作聲，低頭吐瓜子。程凌看見張士嘉朝他們走來。

「這麼快就談完了？」

「眞沒甚麼好談。」張士嘉一屁股坐下，猛拉衣領。「這裡好熱！奇怪，怎麼沒開冷氣？那個小鬼只會下五子棋，別的甚麼也不懂。我看只好安排他和別人下幾盤棋，再穿插點節目。」

丁玉梅抬起頭。

「怎麼，你決定要他？」

「不要他，怎麼辦？再來一次音樂神童？饒了我吧。上次那個小提琴拉的之破就別提了。捧這種神童眞是造孽。」

「不是說誰還要送他到維也納深造？」

「我可沒說。程胖，來根煙。」

程凌把整包煙塞給張士嘉。

「都給你。」

「你要去哪裡？」

「永和。我晚上有應酬。」

「還不到五點，再坐一會。喂，大小姐，星期四下午我要小鬼再來一趟。老龔，你我，我們三個人先好好研究一下。」

丁玉梅說：

「程凌，五子棋究竟怎麼下？是不是把五個棋子擺成一條線就算贏？橫的，直的，對角都可以？」

「就是這麼沒有學問。五子棋神童，眞驢透了。」

張士嘉制止他們的笑聲。

「別笑。那小鬼說他從來沒輸過。假如他眞能盤盤贏，倒也有點道理。」

「你最好找人先試試他。搞不好他連五子棋也輸掉，神童世界就砸鍋了。」

「當然。小鬼說他還會下一子棋，兩子棋，三子棋，四子棋。一二三四五，都會下。所以他會下五種棋，五面稱雄，我完全服了他。」

大家都忍俊不禁，丁玉梅笑出眼淚，伏在桌上。程凌說：

「一子棋怎麼下？豈不是誰先下誰贏？」

「我也不懂。星期四一定要試試他。歡迎你來觀戰。」

程凌站起來：

「我得走了。到永和搭幾路？」

「你先到火車站，再搭⑤路。這時候一定很擠，乘計程車簡單些。」張士嘉拍拍頭，「差點忘記。那麼神童世界的新片頭還是拜託你設計了？」

「一句話，五天後繳卷。」

電視大樓前的候車站擠滿下班的人，也有幾位學童。程凌打量其中一位特別精靈的，走過去問：

「你是不是下五子棋的？」

小孩搖搖頭。大家都在看他。程凌想了想，決定還是乘計程車。

2

到永和的路出奇的擠，還沒過橋就完全堵住了。程凌後悔把煙全給了張士嘉。他解開領帶，摺好，收進西裝口袋。爲甚麼總是選永和聚餐？下次應該建議換個地方。程凌拿出手帕拭汗。眞他媽的熱。想不到張士嘉比他還怕熱。也許張士嘉並不怕熱，只是難纏。那小子是有點難纏，野心也不小。神童世界，程凌隨便出個主意，居然被張士嘉三搞兩搞，搞成電視節目，獨當一面幹將起來。不能否認他有兩手。這根線不能放。將來一定還有甜頭。即使神童世界砸了，張士嘉必定另起爐灶，電視公司的大頭對他好像不賴。這根線不要放。弄得好，拉來幾個大客戶，喫用不盡。程凌脫掉西裝上衣。計程車裡熱似蒸籠，他探頭出窗外，橋上略微鬆動，後面一衝，又堵住了。程凌不耐煩，對司機說：

「我就在這裡下車。」

程凌過了橋，發現橋頭果然有車禍。一輛三輪小貨車橫翻倒地，司機氣虎虎站在旁邊，兩名警察指揮車輛繞路。程凌往前走一條街，又攔住計程車，沒一會就到了餐館。小姐帶他進樓上隔間，只有馮爲民一個人在嗑瓜子。

「又是我最早到。」

「中正橋堵住了，今天大家都會遲到。」

「你通知齊飛沒有？」

程凌搖頭說：

「整個上午打電話都找不到他。」

「他有兩個號碼。你兩邊都試過？」

「我祇知道他公司的號碼，另外一個號碼是哪裡？」

「你還不知道？」馮為民推過來一碟瓜子。「齊飛有小公館。」

「別開玩笑。他哪裡會有小公館，一個老婆都養不起，再養個小的，瘋掉了。」

「也許不能算小公館。女朋友。聽老姚說很要好。」

「老姚的話哪能信。」

「不管他，齊飛有兩個號碼不假。有人踏破鐵鞋無覓處，有人得來全不費工夫。」

「現在打個電話給他？」

「算了，我身邊沒他號碼。你老哥怎麼樣？」

「還不是老樣子。廣告社賠了一點，股票倒賺了一點。你呢？」

馮爲民俯身從桌底拿出一個紙袋。

「現在搞這玩意。」

程凌打開紙袋，瞥了一眼。餐刀、餐叉、剪刀、小工具刀，一大堆鋼製用具。

「外銷是吧？」

「訂單已經收到好些份，都是歐洲人買。寄去樣品就開來L／C，比美國人爽快。」

「路遠，利潤少些。」

「其實一樣。我們報價就開C&F，根本不考慮FOB，這樣更好做。」

程凌把紙袋還給馮爲民。

「如果樣數多的話，我幫你設計一本郵購目錄。」

「我們不玩這種遊戲，郵費就坑死你。還是批發實惠。老哥，做生意要大處著眼。小魚小蝦喫之無益，徒傷精神。要撈就撈一票大的。」

「理論不錯。就跟炒股票一樣。低價買進，高價賣出，誰不曉得。就是把握時機難。」

「我還有一個理論。」馮爲民將瓜子殼噴到地上。「我還有一個理論。無論做甚麼事情，靠四樣：天時、地利、人和、財通，缺一不可。做生意，做學問，都一樣。做生意當然靠這四樣，做學問也靠這四樣。甚麼時代，甚麼地方，甚麼人，甚麼經濟背景，能夠做甚麼學問，一分析就淸淸楚楚。以前不明白這個道理，死命想做學問，結果自找苦喫。」

「你還去臺中教書？」

「只教一門西洋通史。一星期去一趟，調劑調劑。這種東西，」馮爲民指指紙袋，「到底乏味得很。」

程凌想說甚麼。小姐排開門簾，高悅白、陳澤雄和洪惕走進來。高悅白把帶來的金門高粱擺在桌上。

「黃端淑有事不能來。老宋出差去南部。今天中正橋好擠。」

馮爲民說：

「程胖沒通知齊飛。就我們幾個人了。」

「又沒通知齊飛？程胖該打。」

程凌說：

「不是我的錯。喂，誰選的這家餐館？每次都吃海味，我要提出嚴重抗議。」

高悅白指馮爲民。馮爲民說：

「程胖就愛吃肉。老哥，肉食者鄙，未能遠謀啊。你不想想血管硬化多可怕。說你未能遠謀，絲毫不錯。」

小姐端茶進來。陳澤雄點了菜，大家沒有異議。菜餚滋味很好。五個人幹掉兩瓶高粱。洪惕意思再要瓶酒。高悅白反對，說不如到他家再喝。陳澤雄起先不肯去，被馮爲民罵了一頓。高悅白原來開了他的金龜車來。五個人勉強擠進去。程凌個子大，他們讓他坐前座。高悅白住士林。再經過中正橋，肇事的小貨車已經不見踪影。程凌搖下車窗玻璃，涼風吹進來，酒醒了，程凌感覺有點睏。肚子上溫溫的一層，臉頰似乎也浮著油，很愜意的酒足飯飽。程凌閤上眼，肩膀被人猛搖一陣。

「別睡覺。」馮爲民的聲音。「喫飽了就睡，老哥，你知道是甚麼？」

「少惹我。」

「程胖，聽說你在追電視公司一個妞兒，甚麼節目的主持人。」

程凌推開馮爲民的手臂。

「絕對沒有這回事！」

「老朋友還不肯坦白，太不夠意思了。」

「完全生意上的來往。我替神童世界設計片頭，才多跑幾次電視公司。我主要想拉他們廣告客戶，搭上線，以後好辦事。」

洪惕插進來。

「神童世界？那個主持人的確是灑妞，程胖眼光不差。」

「我和她可說純粹是朋友。」

馮為民說：

「是不是又想收她做乾妹妹？」

車裡其他的人都笑了，洪惕笑得最響。

「程胖老毛病沒改，還在當乾妹妹收藏家。兩打總有了吧？」

「他媽的，今天又誤上賊船。我哪裡有乾妹妹。」

「黃端淑總是你的乾妹妹，賴不掉的。」

「也不過說著玩玩。」

「說著玩玩？可惜今晚黃端淑沒來。我曉得，你們還交拜過……我意思說結拜過。」

衆人又笑。馮為民說洪惕太差勁，兩杯高粱下肚就胡言亂語。洪惕說他沒醉，他國學根基太差，一向搞不清交拜和結拜。高悅白說不要拿黃端淑開玩笑，她是我們大家的妹妹。衆人沉默下來。半晌，馮為民說：

「沒聽說她有男朋友？」

沒有人回答。馮爲民自言自語說：

「眼界太高，麻煩。我倒聽說有一個大學教授在追她。」

「誰？」幾個聲音同時問。

「我也不清楚。姓劉甚麼的。據說象棋下得很好。」

「這個人我曉得。」洪惕說，「他從前是象棋棋王，人極聰明，算得上青年才俊人物。」

「棋王配黃端淑，配得上配不上？」

高悅白打斷大家的話，說要去加油。車子進了加油站，高悅白推開車門出去。程凌轉過頭，朝後座的馮爲民唠嘴。

「別再提黃端淑，有人不愛聽。」

「我明白。一時說溜了嘴。」

往士林一路上，高悅白沒說甚麼。到他住的公寓，衆人情緒略好。高悅白不理會洪惕抗議，拿出洪惕的詩集朗誦。程凌不知怎的和馮爲民又吵起來，爲歷史決定論爭辯得面紅耳赤。後來洪惕馮爲民高悅白都醉了。陳澤雄出去叫計程車，和程凌把馮爲民洪惕送回家。洪惕在車上大吐，搞得十分狼狽。程凌回到家，已經半夜兩點。母親和弟弟早已入睡。弟弟在電話機旁留了張紙條：「有一位丁小姐幾次來電話」。程凌口很渴，打開冰箱，拿出一罐啤酒。躺在床上，肚子無緣無故隱隱作痛。又起來找阿司匹靈，用啤酒沖下。二點多，肚子不痛了，程凌方朦朧入睡。

3

「哥哥，電話。」

程凌一骨碌爬起來。客廳掛鐘才七點半。程凌罵幾句，將聽筒夾在左下頷，手裡拿著襪子。

「哪一位？」

丁玉梅的聲音。

「怎麼昨晚不回電話。你知道我打了幾次？」

「對不起，回來太晚了。昨天雜誌社同仁聚餐，鬧到兩點。」

「我不知道你還辦雜誌。」

「從前學生時代的刊物，早就垮了。甚麼事？」

「張士嘉要我打電話告訴你，請你今天下午來一趟。」

「不是星期四找那小鬼來？」

「改了。張士嘉約的高手只有今天下午有空。」

「我來做甚麼？請告訴張士嘉，片頭五天後準定設計好，包他滿意。神童下棋我就不看了。」

「不行，你一定要來，我還有別的事情找你。」

「那又當別論。甚麼事？」

「你記得昨天請一位王小姐喫西瓜？人家今天中午要回請你。」

「哪有這種事。」程凌扣好上衣。「喂，妳不要出我洋相好不好？」

「誰出你洋相？好心替你介紹女朋友，不領情拉倒。十二點鐘，中山北路的榕榕園，記好。」

「喂，我中午有事……」

對方掛斷電話。程凌撥了幾次丁玉梅的電話，線忙。他媽的，搞甚麼玩意。費盡心機，她還是拿你當大哥哥看待。又是替你介紹女朋友。爲甚麼每次下場都如此淒慘。程凌憤然放下聽筒，想起馮爲民的話，有人踏破鐵鞋無覓處，有人得來全不費工夫，長嘆一聲。弟弟懶洋洋站在廚房門口。

「鍋裡有稀飯。」

「你自己喫。」

「又失戀了？」

程淩不答話，弟弟跟進房間，看他打領帶。

「週末我們那一夥開舞會，來混混吧？」

「你少管閒事！」程淩指著弟弟鼻子。「告訴你，我開始泡蜜斯，你還在地上爬。你早得很哪。」

弟弟聳聳肩，懶洋洋晃開。

「人家說失敗為成功之母。喫一次虧，應該學一次乖。你那套辦法太落伍，土法煉鋼，又不求改進，當然節節失利。」

程淩追出去。

「再囉嗦一句看看。」

母親打開房門，瞪他們兩眼。

「一早就大呼小叫。這麼大人，害臊不害臊？程淩，昨天打電話的女孩是誰？」

弟弟在那裡做怪樣。程淩忍住氣回答：

「她是電視公司神童世界的主持人。」

「我看過她的節目。很不錯，端莊大方。剛才又是她？」

程淩覺得必須解釋清楚。

「我和他們公司業務上有來往。我替他們設計片頭。完全生意上的交情。」

弟弟突然說：

「你電話裡說神童下棋，怎麼回事？」

「沒你的事。」

「他們邀你去看神童下棋？我可不可以去看？」

「甚麼神童。下五子棋的，可笑之至。」

「五子棋下得好也不容易。我們一起去看。」

「你少來。」

「程凌，帶你弟弟去。」

「好吧。下午兩點你到廣告社找我。」

程凌住在四樓。一樓住戶有一輛豐田牌小汽車，自己縫了布套，每晚同太太刷洗汽車身，罩好套子，養兒子般仔細。前天有人把布套偷走，他幾乎氣瘋，又叫太太趕縫一個。程凌推開公寓大門。他正身穿睡衣，滿手油垢，站在車子旁，眼怔怔望著機器。

「林先生，又有甚麼問題？」

「我的電瓶被偷走了。」林先生好像要哭。「別的都好好，電瓶偷走了。」

「太豈有此理。林先生，你下次可以買一種鎖，將車蓋鎖上。」

「我的電瓶。甚麼人會偷我的電瓶？」

「可能小孩惡作劇，偷電瓶去賣。」

林先生握緊拳頭，仰天朝左鄰右舍怒吼。

「我一定要把你抓到！」

程凌看林先生沒有心情聊天，乘他不備溜走，在巷口喝碗甜豆漿，恰巧趕上公共汽車。程凌家附近有一片水田，這兩年沒種甚麼，聽任野草蔓延。有人牽來水牛養在田地上。每天早上公共汽車經過，水牛就從草堆探首做長鳴狀。程凌從未聽它眞正叫過。永遠是一幕啞劇。伸長脖子，似乎就要叫了，但是不叫。程凌猜想是隻老牛，他其實看不出牛的年齡。牛長相不差，頗有水牛的氣概。如果運用一點想像力，程凌還可以假想它是隻犀牛，躲在草叢裡，虎視眈眈望著公路上的車輛。這想法使程凌頗愉快，他迅速忘記丁玉梅的事。早上搭公共汽車，程凌心情總不壞。他喜歡太陽。他喜歡早晨。他努力把肚子縮進去，覺得精神抖擻。

廣告社的小妹倒來熱茶。程凌啜著茶，打開卷宗。廣告社近來生意略有起色。前天周培拉來筆生意。沒多少錢。設計一套彩色宣傳用幻燈片。但對方是大貿易商。做得好，將來是細水長流的主顧。程凌決定自己處理這樁。另外一家私立學校委託設計的展覽圖片，可以讓小董試試。神童世界的片頭。程凌已經有了構想。他攤開紙，聚精會神勾畫出草圖。十點鐘，周培和小董終於來了。周培一上樓就嚷：

「程胖，有我的電話沒有？」

「沒有。」

「沒有一位宋經理打電話來？」

「一上午都沒電話，從八點到現在。」程凌特別加重「八點」兩字的語氣。

「奇怪。」

周培立刻拿起電話，躲到角落裡細聲低語。小董湊過來看程凌的設計。程凌解釋清楚他的構想，要小董再畫幾張草圖。小董搔搔頭，坐下來埋頭苦幹。程凌端起茶杯走到窗口。周培還在打電話。周培是個人才，滿有小聰明，外頭全仗他跑。程凌唯一的不滿是他十分鬼門鬼道，許多事不肯讓程凌曉得。雖然說三人合夥，一字並肩王，到底程凌是老大。掛著總經理的招牌，外頭事情都摸不清楚，有點說不過去。但話又說回來，除了電視公司，幾根線都是周培搭上的。周培是業務經理，也該向外發展。如果不是他弄來炒股票的情報，小撈一票，公司早就垮了。程凌仔細想想，決定不必爲這些小事和周培弄得不愉快。唯其如此，他更覺得不可輕易放鬆電視公司這條線。如果能釣上幾條大魚，周培也不敢小覷他外面的關係。多年交情是一回事。生意上的合作，還是建築在彼此相互需要上頭。程凌舉起杯子，才發覺只剩下幾片茶葉黏在杯底。

「小妹呢？小妹！」

小董抬起頭。

「下樓去了。」

「又下樓聊天。眞白雇了她。」

程凌找到熱水瓶，倒滿自己的杯子。周培放下電話，擺出左巴的舞姿，連擊三下手掌。

「程胖，有救了。多頭圍剿空頭，志在必得。絕對可靠的情報。怎麼樣，我們要不要參加一份？」

「甚麼股票？」

「天機不可洩露。先說，我們要不要參加一份？」

程凌猶疑了一下：

「還是不要冒險吧。我們自己業務剛有點進展，何必搞旁門左道。」

「程胖，沒有你說的旁門左道，我們上個月怎麼過關的？做生意要隨機應變，觸類旁通。廣告公司可以搞，有機會也可以做做股票。你太保守了。」

「不是我保守。我們又不是多頭。股票做垮怎麼辦？」

「股票做垮，大不了公司宣告倒閉，從頭來起。」周培舞到小董桌前。「我們不是多頭，就跟著多頭跑，準沒錯。小董，對不對？」

小董一推眼鏡，慢吞吞的說：

「我想，我們這個月有幾筆生意，先做完了再談炒股票。」

程凌說：

「我贊成小董的意見。」

周培以手加額。

「兩條驢。跟你們談做生意眞累。半年前兩條驢，半年後還是兩條驢。怎麼教不會的？做生意就是做生意，守株待兔不是辦法。我有絕對可靠的內幕消息，天賜不取，必有後禍。」

「你和那位陳經理甚麼關係？」

「宋經理，不是陳經理。」

「你和那位宋經理甚麼關係？」

「自然有關係。放心，他不會坑我們。」

程凌知道周培不肯講，有幾分惱火。

「兵不厭詐。怎麼知道不是故意放空氣？搞不好我們變成空頭的陪葬。」

周培提高聲音：

「算我沒說。算我放個屁，好不好？媽的，這麼婆婆媽媽，不要搞算了。天底下有沒有百分之百穩當的生意？歐納西斯怎麼起家的？做生意就要豁得出去，該賭就賭，大起大落。這麼婆婆媽媽，不要搞算了。」

程凌看小董，小董摘下眼鏡，掏出手帕細心擦拭。小董沒有意見時，總是來這麼一手。程凌信心動搖。周培說得十拿九穩，不如讓他試試？程凌想到剛才周培神祕兮兮的樣子，不滿的情緒又湧上來。

「這位宋經理既然如此夠意思，我們可以見面談談。大家瞭解瞭解，親熱親熱，以後彼此多多照顧。周培，你約個時間如何？」

周培怔了一下，說：

「好，一言為定。你不相信我，直接和老宋談也好。就有一樁，當了人家面，不要搞窩裡反，讓人家看笑話。你不要混，我在外頭還要混。」

周培又開始打電話。程凌突然記起中午的約會，囑咐小董兩句，拍拍周培肩膀，跑下樓。小妹果然在鴻新公司裡聊天，有說有笑。程凌瞪她一眼，小妹似乎沒看到，索性背朝著他，格格笑著。程凌覺得很沒面子，坐上計程車，臉上還訕訕的。人善被人欺，馬善被人騎。一個小妹也罩不住，難怪周培不服你。周培也許完全好意，是你犯了小人之心。自家兄弟，不必處處曹操。程凌想想自己剛才言語，不免對周培略有抱歉之意。小董主見不深。周培堅持要炒股票，就讓他再炒一次，省得離心離德，周培說的也對。反正公司全部家當不過名片文具之類，地方家具全是租的。垮了，從頭來起，怕甚麼？怕壞了名頭？剛開始做生意，畫家朋友們奔走相告：「程凌做生意了」，好像李敖開牛肉麵攤般不可思議。沒甚麼不可思議，畫家也要喫飯。半年下來，程凌習慣了，別人也習慣了，還羨慕他有生意頭腦。「程凌能畫畫，又能做生意，了不起！」程凌成了英雄人物，在畫界另有一種江湖地位。總經理畫家。程凌坐在車中，自顧自微笑起來。有辦法一定開次畫展，不是文人畫，是財子畫。只畫一樣東西。鈔票。世界各國各式各樣的鈔票。必定轟動。程凌想得高興，幾乎錯過榕榕園。他隔了幾家店才下車，急急忙忙跑回頭，還沒進玻璃門，背後有人拍他一下。程凌回頭一看，是張士嘉。

4

「你怎麼在這裡?」

程凌詫異的表情，引得張士嘉笑了。

「我怎麼不在這裡?丁玉梅沒告訴你我請客?」

「你請客，請誰?」

「請你，丁玉梅，採訪組王小姐，還有一位劉教授。我現在就等他。要不要先進去陪兩位小姐?」

「也好。」

丁玉梅和王小姐坐在角落，程凌從她們背後繞過去。

「講悄悄話啊?」

丁玉梅哇的叫出聲，看到是程凌，丁玉梅對他皺皺鼻子。

「說曹操，曹操就到。今天張士嘉堅持要請客，王若芬只好改天請你。」

王小姐吃吃而笑，程凌有點窘。

「無功不受祿。王小姐太客氣了。」

「人家肯請客，你就不要假客氣。懂不懂？」

丁玉梅穿一襲淡紅迷地裝，頭髮挽上去，紮寶藍緞帶。程凌暗中喝采，想誇讚兩句，嘴裡卻說：

「張士嘉向來一毛不拔，難得自動請客。他還請一位劉教授？」

「就是那位高手，請來和小鬼下五子棋的。對了，我昨天回家，聽你的話喫小兒鷓鴣菜，好難喫唷。」

「不難喫，喫慣就不難喫。」程凌想起馮爲民提到一位劉教授在追黃端淑。「這位劉教授是不是象棋高手？」

「我不知道，你問張士嘉。」丁玉梅從皮包裡掏出一包東西。「你說不難喫。這裡有一包鷓鴣菜，你表演喫喫看。」

「假如是他就妙了。」

「要不要喫喫看？」

「我從前喫多了，不能再喫。」

「哼，我就知道你不敢喫。那爲甚麼騙我喫？」

隔壁幾桌的客人都朝這邊看，程凌改變話題：

「妳看，張士嘉和棋王來了。」

張士嘉帶來劉教授。程凌站起來，劉教授比他還高半個頭。握手堅實有力，聲音較他低八度。程凌道聲久仰，劉教授不經意點點頭。張士嘉要大家坐下，程凌和劉教授坐一邊，兩位小姐坐對面。張士嘉另外搬來張椅子。

「今天難得請劉教授和我們發掘出來的小棋王下棋。劉教授從前是象棋棋王，名重一時。」

劉教授微微一笑。丁玉梅睜大眼睛問：

「你會下象棋，也會下五子棋？」

張士嘉說：

「五子棋比象棋簡單，對劉教授而言，是殺鷄用牛刀了。」

「那麼小孩子一定不是你對手，怎麼辦？」

劉教授露齒微笑說：

「不見得。我和年輕人下棋，不一定要贏，也有提拔後進的意思。我贏他們棋，沒甚麼了不起。他們能贏我的棋，就可以一舉成名。所以我常常寧可讓他們贏。」

丁玉梅偏著頭看劉教授。

「劉教授年紀不大嘛，怎麼講話七老八十的，口口聲聲年輕人。你也很年輕嘛。」

張士嘉插嘴說：

「的確。劉教授是青年才俊，深受有關方面器重。劉教授不僅棋下得好，還是水利專家呢。」

劉教授謙虛的低下頭：

「不當法眼，不當法眼。丁小姐說得不錯，教書久了，容易養成倚老賣老的習慣，請原諒。」

衆人一時沒話說。程凌有幾分不自在，眼睛往丁玉梅和王小姐掃去，恰巧王小姐也在看他，四目相接，程凌忙移開目光。程凌高興起來，說了個笑話。王小姐抿嘴笑了，丁玉梅似乎沒聽進去，一逕問劉教授甚麼是水利專家。

劉教授很耐心的解釋。說了半天，程凌完全沒聽懂，看張士嘉，他對程凌做個無可奈何的表情。兩位小姐卻專心在聽。丁玉梅還問了幾個程凌覺得無聊的問題，劉教授一一答覆。餐後，張士嘉提議大家去電視大樓。程凌說要回廣告社接他弟弟，橫豎一輛計程車坐不下五個人。出乎意外，王小姐說願意跟他一起去。程凌便先攔計程車，回頭一看，丁玉梅跟了出來。

「你瞧，人家對你有意思吧？」

程淩口頭否認，心中有些飄飄然。丁玉梅又添一句：

「不要忘記謝我。」

她和張士嘉劉教授上了車。程淩替王小姐拉開車門，上了另一輛車。程淩吩咐司機到南京東路三段，心中猶在詫異王小姐之敢做敢爲。王小姐說：

「程先生，聽說你還是相當有名氣的畫家。眞了不起。」

程淩謙虛的笑笑。可惜劉教授不在座。一個人時常能謙虛的笑笑，委實是很痛快的事。程淩想，劉教授倒是高悅白的好對手。劉教授、黃端淑和高悅白，是否正形成三角關係？

「程先生一定認得許多畫家。你認得高悅白嗎？」

程淩一驚，忙說：

「認得。很要好的朋友。」

「那眞太好了。有一件事想要請教程先生，希望你不要見怪。高悅白有沒有要好的女朋友？」

「甚麼！女朋友？」

王小姐似乎怕他誤會，趕緊接下去：

「程先生，我坦白說罷。我的妹妹也喜歡繪畫，她非常崇拜高悅白，還想跟他……做朋友，我父母不贊成，他們頭腦舊，以爲畫家沒出息。對不起，程先生你是例外。我很同情妹妹。但是聽說高悅白有很多女朋友，我怕妹妹吃虧，所以嘛，想請問程先生……」

程凌越聽越不是滋味，原來是這麼一回事。他突然對王小姐起了嫌惡感。高悅白眞夠福氣，恐怕就祇追不上黃端淑一人，世上眞是一物剋一物。王小姐還不識趣的在問：

「程先生知道高悅白有親密的女朋友嗎？」

「那要看妳對親密的定義了。牽手算不算親密？接吻算不算親密？上床睡覺算不算親密？還是柏拉圖式的親密？」

王小姐臉上一陣紅一陣白，做聲不得。

「高悅白前三種親密的女朋友都有，可是沒有柏拉圖式親密的女朋友。也許令妹可以補這個缺。」

車到南京東路三段，弟弟早等著了。王小姐始終沒有再開口，程凌向她介紹弟弟，她繃緊了臉微點個頭。弟弟從前座回過頭說：

「周培要我告訴你，明天中午約好宋經理在雄鷄餐廳見面。還有馮爲民打電話找你，要你今晚打電話到他家。」

「沒說甚麼事？」

「沒有。他們找誰和神童比五子棋？」

「一位劉教授，聽說是象棋棋王。」

弟弟樂得跳起來。

「一定是劉樂貽。他是我老師。原來找他，眞好玩。」

「他教過你課？」

「好幾門。他很會教書，對我們學生也不壞，我最佩服他。」

「以前沒聽你提起過。」

「你沒問。」

王小姐一到電視大樓，沒說再見就推開車門，弟弟奇怪的看她走開。

「這個女的好絕，你又闖了甚麼禍？」

「少管閒事，走。」

電視大樓裡外一大堆閒人。程凌向前衝，弟弟緊跟在他身後。上來九樓，張士嘉等人都擠在他的辦公室裡，簇擁著劉教授和神童。大家同時在說話，熱鬧得很。程凌第一次有機會仔細打量神童。孩子不高，祇到程凌胸部，站在劉教授身旁，更顯得瘦弱渺小。三角眼，口耳眼鼻五官都小，頭部卻很大，穿國中制服，球鞋，沒穿襪子。孩子靜靜站在人叢中央，對四周的吵鬧置若罔聞，垂著大頭，不知想些甚麼。程凌俯下身問小孩：

「小朋友，你叫甚麼名字？」

孩子咕嚕了一句。程凌沒聽清楚，又問一次。孩子指著制服上繡的名字，似乎連話也懶得講。程凌注意到孩子右耳後腫起一塊，剃得青青的頭頂凹凸不平，一定替理髮師帶來不少麻煩。長得眞怪，程凌想。看不出甚麼聰明相。對孩子倒浮起一陣憐憫。

「你眞的下五子棋沒輸過？」

孩子垂著頭，似乎沒聽見他的話。程凌看問不出所以然，拍拍孩子的腦袋。

「好好努力。等會別輸了。」

孩子仍垂著頭。劉教授倒聽見了，打量一下神童，也拍拍孩子的腦袋。

「不會輸，小朋友，不要緊張，我們下棋玩玩，誰輸誰贏沒關係。」

這時衆人稍稍安靜。張士嘉要大家靠兩邊站，請劉教授和神童坐下，搬來小茶几放棋盤。劉教授露齒微笑，態度從容瀟灑。神童低著頭，兩手互搓，正眼也不看劉教授。程凌心中微感失望。丁玉梅移到他身邊輕聲說：

「怎麼樣？」

程凌搖搖頭，拿手指放在嘴唇上。丁玉梅瞪他一眼。張士嘉請劉教授猜枚。神童拿了幾顆棋子，劉教授沒猜中。程凌剛巧瞥見孩子咧開嘴，無聲息的笑了。孩子拾起一顆白子擺在棋盤上。

劉教授輕鬆的應了一子。孩子立刻又擺上白子，兩人下得很快。程凌還沒有完全看清楚，劉教授一擲棋子，哈哈大笑。

「小朋友，你贏了，很好，下得很好。」

果然，已有四枚白子在一條對角線上，大家都鼓掌，丁玉梅乘機問程凌：

「我們出去聊聊？」

「再看一盤。」

第二盤劉教授先手，又是神童贏。等到神童連贏第三盤，劉教授神情略微有些不自然。他伸出大手，摸摸神童的腦袋。

「下得很好，五子棋能夠下得這麼好不容易，是個可造之材。小朋友，你應該學更複雜的棋，例如象棋或圍棋，一定可以發揮你的天才。今天我們就點到爲止了。」

張士嘉連聲道謝，劉敎授謙虛的擺手，程淩在一旁大聲說：

「劉敎授，再下兩盤，小神童五子棋下得不錯。劉敎授一定下得更好，再下兩盤吧。」

旁人也隨聲附和。劉敎授說：

「五子棋只靠手熟，沒有甚麼。將來等小朋友學會象棋，我再好好指導他。眞正有沒有天才，靠五子棋測驗不出來，還是要下象棋、圍棋才行。」

「劉敎授，機會難得，還是請你發揮全力，再下幾盤，讓我們大開眼界。」

劉敎授看看錶，站起來。

「我有點事情。」

「劉敎授，」程淩說，「你走就太令我們失望了。」

「我來和小神童下。」弟弟不知從哪裡鑽出來。「劉老師，我來和小神童下幾盤。」

劉敎授顯然認出了弟弟，他拍拍弟弟肩膀，眼睛注視著程淩，對大家說：

「這是我的學生。老師有事先走，學生代替，也說得過去，哈哈！」

張士嘉陪劉敎授走了。程淩懶得看弟弟和神童下棋，丁玉梅一把拉他到走廊一角。

「怎麼樣？」

「沒怎麼樣。」程凌不高興的說，「剛認識，能怎麼樣？」

「人家對你極有意思，昨天你走後，自動來找我，要請你客。」

「多謝妳幫忙。」

丁玉梅等待程凌說下去，程凌卻往回走。丁玉梅氣哼哼的追上來。

「你這個人，好了不起唷。可惜人家王小姐落花有意，流水無情。你眞沒有風度。你看人家劉教授多有風度！」

「甚麼落花有意，流水無情。我等會請妳吃飯，謝謝妳的盛情。王小姐的事，我們就不要再提，好不好？」

辦公室裡弟弟還在和神童下棋，觀戰的只剩下老龔。程凌想五子棋果然沒甚麼吸引力，張士嘉要弄他上電視，大有問題。弟弟抬起頭，對程凌做個鬼臉。

「他好厲害，眞下他不過。」

下五子棋的孩子垂著頭，規規矩矩坐著。弟弟和神童又下了幾盤，程凌站在一旁看，每次弟弟都輸，但弟弟似乎比劉教授還下得好些。終於弟弟嘆口氣，對神童說：

「不下了。我服了你。」

程凌第二次看見孩子咧開嘴，無聲息的笑著。丁玉梅和老龔已悄悄溜走，房間內只剩下他們三人。程凌記起張士嘉說過，孩子還會下一子棋二子棋三子棋四子棋。

「小朋友，你還會下一子棋？一子棋是不是誰先下誰贏？」

小孩迅速收起棋子，只剩下一顆，然後抬頭。程凌注意到孩子眼中神光一閃即逝。他有些驚訝。孩子電閃般的目光，似乎透出深邃的智慧。那目光異常明亮，也異常蒼老。孩子至多不過十二、三歲，那目光卻使程凌悚然而驚，使他想起古羅馬雕像眼睛中央的瞳洞。原本沒有生命的雕像，因那瞳孔的存在，透露出無邊蒼老的生命洪荒，注視著古今多少英雄豪傑。孩子收斂目光，垂頭咕嚕一句：

「猜拳。誰贏誰先下。」

弟弟樂得跳起來。

「這倒簡單。好，我們猜拳。」

他捲起衣袖，注視著神童。孩子並不看他。弟弟喊「一、二、三！」他伸出拳頭。孩子出布。弟弟毫不氣餒。

「再來，一、二、三！」

這次弟弟出剪刀，孩子出石頭。程凌看他們連猜拳十次，孩子贏了十次。弟弟臉上顯出迷惑的表情。程凌說：

「你運氣太差，看我的。一、二、三！」

他和孩子猜拳十次。孩子又贏了十次。弟弟喃喃自語：

「我眞不懂，猜拳居然會有技術。再來。一，二，三！」

孩子又贏了十次，程凌和弟弟面面相覷。孩子仍垂著頭，沒有任何興奮的神色。程凌想了半天，完全糊塗了。簡直不可能。五子棋不輸，他可以相信。他卻不能相信有人猜拳不輸。弟弟顯然也有同樣的想法。

「你這種一子棋，輸過沒有？」

孩子搖頭。

「眞的一次也沒輸過？」

孩子點頭，咧開嘴，無聲息的笑著。程凌看出這遊戲給予孩子無比的快樂。孩子似乎對周圍發生的一切都沒有興趣，只有下棋。一子棋。而且每次都贏。程凌想到一個主意。

「這樣吧，我們換一種方法。還是下一子棋，猜拳誰輸誰先下。」

孩子似乎沒聽懂，程凌又解釋一次，孩子點點頭。他和孩子再猜拳十次。果然，每次都是程凌贏。弟弟看他們猜拳，領悟到程凌的用意。

「原來你要贏就可以贏，要輸就可以輸。我的天，你眞是神童！」

「現在才承認人家是神童啊？」丁玉梅和張士嘉走進來。「你們在幹麼？猜拳？」

弟弟正要說話，程凌趕忙接下去：

「沒甚麼，我們隨便玩玩。士嘉，劉教授抱頭鼠竄了？」

「他有事。劉教授是客人，你何必故意損他，搞得我很不好意思。」

「我沒有故意給他難堪。他明明下不過神童，嘴裡還要逞強，做老前輩狀，受不了。」

「也許他說得對。五子棋沒甚麼技術。眞正有沒有天才，要下象棋甚麼棋才能知道。」

「你聽他吹牛。他這個人妙得很。輸了棋就算他讓的，先立於不敗之地，誰下得過他？」

丁玉梅有些不耐煩。

「不要吵好不好，劉教授又沒得罪你。程凌，你不是說要請客嗎？要不要兌現？」

程凌說他願意請客，問誰要一齊去。張士嘉表示他和老龔還有事。弟弟和神童嘰咕一陣，說他可以陪神童回去。丁玉梅看大家都不去，又變了卦，她也要回家，改天再讓程凌請客。程凌堅持要今天請客，硬拉丁玉梅走。他們下了樓，丁玉梅突然發起小姐脾氣，數說程凌不該欺負王小姐。程凌沒頭沒腦挨了頓罵，又不知道王小姐對丁玉梅說了甚麼，只好小心陪不是。末了丁玉梅還是決定回家，也不肯讓程凌送她。程凌一肚子窩囊氣，再坐電梯上來找張士嘉，張士嘉不在，弟弟和神童也走了。程凌沒落腳處，轉念一想，不如回廣告社。

回到廣告社，小董和周培已經離開，廣告社小妹一個人偷偷在打電話，被程凌臭罵一頓，威脅要請她滾蛋。小妹抽抽搭搭哭了半天，倒討好地拿出掃帚，淸掃乾淨裡外才離去。程凌一個人留在廣告社，心情平靜下來。他找到小董畫好的圖樣，又畫了兩張，工作到八點，實在餓不過，出來拐進巷子裡，叫碗榨菜肉絲麵，喫完肚子又有點痛。他覺得自己一定生病了，勉強坐上公共汽車，一路直冒冷汗。車子轉到他家前面的馬路，車上的人都朝窗外看。稻田旁公寓的後面，冒起一片紅光。「著火了！」有人在喊。程凌顧不得肚子痛，下了公共汽車，就往火災的方向飛跑。他看見不少人也跑向稻田旁的小巷。程凌加入人流，衆人一齊朝火場擠。程凌擠過巷口轉角，才看到燃燒中的屋頂，火場離開他家公寓還有兩條巷子。程凌心中一寬，放慢腳步。後頭看熱鬧的人卻推著程凌，他身不由己，繼續往前移動。

5

程凌攀上矮牆，牆上已站了七、八個看熱鬧的人。隔了一幢磚房，就是燃燒中的木樓。旁邊兩幢木屋也著火了，但木樓燒得最猛烈。這區木屋四周均已建起公寓，程凌可以看到每幢公寓頂上黑壓壓都站滿了人。牆底下巷子裡的住戶將家具、櫃子、床鋪抬到街中央，有兩個住戶甚至扛出了米缸。幾個小孩驚哭了，他們的聲音淹沒在木屋劈拍的火聲裡。木樓的牆已經燒穿。程凌看見地板上爬著一條條火龍，有的爬上梁柱。一條火龍躍上屋頂，轟然一聲，屋頂垮下半邊，幾條火龍飛向空中，圍觀的人們譁然驚呼。程凌對面公寓的樓頂出現救火隊員的黑影。一股白色的水龍，不一會就自樓頂射下。另一股水龍，從右方木屋後面成弧形角度落在燃燒的木樓上。白色的水龍每次擊中火龍，後者便翻滾著縮進地板的縫隙。水龍移開，火龍又一躍而起，吞吃周圍黑色的部分。這時左面公寓頂又出現一條水龍。三條水龍此起彼伏落在木樓四周。木樓已燒成純白色的骨架，火龍都爬在屋梁上。架子終於垮了，火龍翻落到地上，似很痛楚的扭曲著。一股猛烈的熱風，襲向程凌站著的矮牆，他身旁兩個人趕緊跳下去。水龍現在佔了上風，旁邊著火的兩幢房子，都冒出黑煙，火苗已消失不見。木樓的火勢也被三條水龍壓制住。程凌跳下矮牆，從擺滿家具的街道擠出。巷子外面還不斷有看熱鬧的人往裡頭擠。程凌好不容易擠出來，他家的巷子裡也站滿了人，母親和弟弟站在公寓門口張望。林先生全家老少都坐在汽車裡，林先生滿臉緊張的神色。程凌對他們說：

「沒事了。燒掉一幢違章建築。現在火已經小了。」

林先生鬆了口氣，叫家人下車，自己又拿出布罩小心遮住汽車。程凌和母親弟弟回到四樓公寓。母親嘮叨這公寓太不安全，連消防安全梯都沒有，萬一失火，眞是無路可逃。程凌答應明天詢問一下各樓住戶的意見。經過這場虛驚，也許大家願意湊錢裝一個安全梯。母親回房休息。程凌看看弟弟：

「你有沒有送那個小神童回家？」

「當然，我還記下他的地址。在電視公司，你爲甚麼不讓我告訴他們猜拳的事？」

「讓他們自己發現不遲。我還是想不透，他怎麼可能每次猜拳都贏。」

弟弟皺著眉頭。

「我後來有一個想法。也許他從我手臂和手掌肌肉的抽動，看出我要出甚麼。你知道，他們打拳的，看你身體肌肉一動，就曉得你要出甚麼方位的拳。」

「我不相信。哪裡能猜得這麼準確。而且我穿長袖襯衫，他又看不見我手臂的肌肉。你這理論不太對。這小孩子實在厲害，簡直能未卜先知。」

「也許他眞能夠未卜先知？」

程凌搖搖頭。

「沒有人能夠未卜先知。我不懂科學。你們學科學的，應該可以找一個合乎科學的解釋。」

弟弟突然捂住嘴，一臉驚奇的表情。

「我想起來了。我的天！」

「甚麼事？」程凌被弟弟的表情嚇住。「究竟甚麼事？」

「火災！」弟弟說。「剛才的火災。我送神童回去，在他家又陪他下了幾盤棋。臨走他說，可惜他爸爸不准，不然就跟我來看消防隊救火。我當時沒注意。你知道他講話總是不清不楚的。老天，他知道有火災。」

「你說他預先就知道這兒會發生火災？你聽淸楚沒有？」

「他沒說會發生火災。他只說跟我來看消防隊救火。」

「也許是巧合。前一陣臺北到處消防隊演習。小孩子喜歡看熱鬧，就記在心裡頭。」

「那未免太巧了。我們這區又沒有消防隊演習，我也沒跟他提起消防隊。他怎麼知道今晚有火災？」

「巧合，一定是巧合。」程凌在客廳來回踱著，停下來看弟弟。「今晚的事，你不要告訴別人。」

「我不會講。可是他家裡的人應該心裡有數。電視公司的人遲早也會知道。」

「也許他們現在還不知道。他們只知道他喜歡下五子棋。我們應該想一個法子……一定要想個法子……」

程凌又來回踱著。

「……要想個甚麼法子，證明一下。也許都是巧合。可是假如他眞能未卜先知……」

「你想怎麼樣？」

「我不知道。」程凌腦海中出現神童瘦削的身影，凸凹不平的大頭。他有些迷惑。

「這小孩很奇怪。我們應該設法保護他，免得受人利用。」

「受誰利用？」

「我不知道。我只是隨便講講。他跟你還合得來？」

弟弟點點頭。程凌知道弟弟一向對孩子們有一套，附近的小孩都很服他。鄰居常笑弟弟是孩子頭。母親最不滿意弟弟這點，常嘮叨弟弟人都唸大學了，還那麼孩子氣，成天和小孩子廝混。程凌拍拍弟弟肩膀：

「明天你再去找神童聊聊。我們一定要想個甚麼法子，證明一下。」

「我來想辦法。眞有意思。應該告訴劉教授，他棋輸得不冤。」

「不要告訴他！」

「爲甚麼？他是我老師，人很好的。」

「反正你不要告訴他就對了。知道吧？」

弟弟臉上浮現一個笑容：

「他是你的情敵，對不對？」

「胡說八道！我今天才第一次見到你的劉老師。」

「那你爲甚麼討厭他？」

「我並不討厭他。」程凌說，「坦白告訴你，他是我的朋友的情敵。好了吧？」

「你朋友的情敵？」弟弟似乎並不相信程凌。「你會打抱不平？別跟我耍這一套。」

「少管閒事，反正你不要告訴他就對了。」

程凌關上房門。他聽見弟弟帶上房門。收音機隨即響起。程凌躺在床上，收音機的聲音特別淸晰。美好的星期天。啊！啊！啊！美好的星期天。佳佳、安安、萍萍選播給玲玲、小韓、小文收聽。師大附中二十八班同學選播給北二女愛班同學收聽。啊！啊！啊！美好的星期天。下一隻曲子。我再不會墜入愛河。玲玲、小韓、小文選播給佳佳、安安、萍萍收聽。北二女愛班同學選播給師大附中二十八班同學收聽。當你墜入愛河，你怎麼辦？我——再不會墜入愛河。下一隻曲子，你是我的陽光，玲玲、佳佳選播給萍萍、小韓收聽。靜靜的夜裡，我已入夢裡，我夢見你在我懷裡，當我醒來時，原來在夢中，我悲痛地抱頭大哭……。

「受不了！」程凌打開房門，扭亮客廳大燈，把電視機聲音關至最小，然後開始撥電話。電話接通時，電視螢幕上剛出現閃亮的畫面。

「馮爲民先生在家嗎？」

「請等一下。」

程凌看著通乳丸的廣告，穿三點裝的女郎仰身倒躍入游泳池。程凌永遠無法明白爲甚麼她要倒著跳水。不可解謎之一。聽筒裡有人咳嗽。

「馮爲民。」

「老馮，我是程凌。你找我？」

「老哥居然先打來了，做不得貴人，可惜得很。」

「你找我？」

「我找你，老哥。第一件事。昨天你不是提到設計郵購目錄嗎？我自己沒有興趣。有一位朋友，今天聽我講起，倒很有興趣，想麻煩你設計一下。先警告你，這位老兄相當小兒科，出手十分不爽快。要不然也不會搞郵購。你有沒有興趣和他直接聯絡？我可以給你他的電話。」

「當然，你等一下。」程凌抓過紙筆。賣口香糖的一對美女正相視而笑。姊妹花？同性戀？不可解謎之二。程凌握手疾書。「五二五四一〇。毛經理。這個人甚麼來頭？」

「他自己沒有甚麼，背後大概有大亨撐腰。你賺他一些小錢，應該沒有問題。這是一件事。第二件事，關係你老哥乾妹妹的終身大事。」

「誰？」

「黃端淑。」

「對了，我今天碰見你提到的那位劉教授。」

「怎麼樣？」

「是個青年才俊型人物。他真的在追黃端淑？」

「大約有這麼回事，無風不起浪。不管他。高悅白早上打電話來，如此這般一番，我就明白，昨晚黃端淑不來，有其緣故。」

「這和你我有甚麼關係？又要當和事佬？」

「還用說嗎。怎麼樣，老哥，明天你打電話給黃端淑？就約在這星期六，大後天下午好了。」

「你去約。」

賣口香糖的美女相視而笑，互餵以甘飴。程凌關掉電視，馮爲民在說：

「我的乾妹妹，所以你不能陷我於不義。高悅白這小子風流成性，我們何必一再當和事佬？」

「你的乾妹妹，還是你約。」

「自古名士風流，你們畫家尤其都是這樣。你約一下。」

「最後一次，下不爲例。老馮，皇帝不急急死太監，黃端淑都不急，你窮緊張幹甚麼？眞搞你不過。」

「你搞不過的事情多著呢。再見。」

「等一下，約在哪裡？」

「隨便哪裡。約好通知我。再見。」

程凌漱完口，弟弟遞給他一張紙。程凌看到紙上寫著一長串數目字：○○一一○一一○一○一一○○○○一○一一○一一一○一○一○○一。

「這是甚麼？」

「隨機數。從一本書抄來的。書上的隨機數是介於零和一之間的實數。我改了一下。超過零點五算一，不然算○。這樣就得到一串兩值隨機數。」

「隨機數是甚麼？」

「隨機數就是眞正亂七八糟的數目字，完全沒有任何規則，假如神童能猜出這些隨機數，他就眞稱得上未卜先知了。」

程凌將漱口杯擺到架子上。他摸摸下巴。決定偷懶一天，不刮鬍子。弟弟還站在澡房門邊。

「你相信不相信世界上有人能未卜先知？」

「不相信。」程凌說，「昨晚還和馮爲民吵。我就是不相信歷史決定論。他們學歷史的，動不動就是歷史潮流怎麼樣。我不信這一套。我不是一顆螺絲釘。我愛怎麼樣就怎麼樣，沒有人能預測我的行動。」

「你一定誤會了馮爲民的意思。歷史決定論不是說你不能自由行動。問題是你的行動沒有用。勃朗運動。明白吧？就像空氣分子，隨便你怎麼亂撞亂跑，都不算數，空氣壓力還是固定值。歷史決定論就跟熱力學一樣。個體的自由行動，互相抵消。只剩下總合顯示的大方向。你再怎麼亂動，這大方向不會變。」

「不跟你談哲學。」程凌披上睡衣，仍毫無睏意。「我們到陽臺坐坐。」

程凌住的四樓有兩戶人家。樓頂上的陽臺，他們兩家各佔一半。另一家搭了間閣樓，租給一位富商金屋藏嬌，不過兩間房，居然可以收三千元月租。母親也想再蓋一層，但始終湊不出款子。去年上了兩個會，原本指望標來蓋閣樓，後來叫程凌做生意虧掉了。今年建材鋼筋一漲，更蓋不起閣樓。好在他們松江路那幢公寓的租金也漲了，每月開銷還過得去。弟弟每學期都有獎學金。父親去世後，這兩年母親很少出門。家裡就是一點菜錢、水電費、瓦斯費。如果程凌不畫畫，還應該可以剩下錢。程凌每次想到這些，就覺得很慚愧。買顏料畫布的錢，幾年下來，夠蓋一層樓了。弟弟想換輛新腳踏車也想了幾年。但弟弟和母親從未說甚麼。程凌學畫不成，改行經商，他們也沒說甚麼。他做生意虧了一陣，最近倒摸出一點頭緒。程凌有時想，自己雖喜歡繪畫，倒繼承了母親的精明能幹，而學科學的弟弟卻承襲了父親的名士作風。或許自己做生意眞有前途，弟弟也成了大科學家，重振家聲，也未可知？

陽臺上十分涼爽。剛才火燒的木屋區，現在還冒出一股煙氣。程凌可以看見斜對面公寓三樓的人家在打麻將，搓牌的聲音，淸脆響亮。對面公寓底樓的中醫師診所仍未歇業，一位胖子袒著肚，打著蒲扇在診所前乘涼。程凌向左右望去，都是一片公寓樓房。程凌感覺到嗡嗡的人聲，從每幢公寓傳出。都是人，到處都是人。看見的地方有人。看不見的地方也有人。鑽進鑽出，自己忙自己的。入門各自媚，誰肯相爲言。夜晚的臺北像一座巨大的蜂房。嗡嗡的人聲，竟使程凌陡然緊張起來。他搖搖頭：

「太多人了！人再多下去，怎麼得了？」

弟弟坐在樓梯口地上，點起一根香煙。

「不必杞人憂天，人家說臺灣養得起三千萬人口。」

「三千萬！誰說的？」

「一位經濟學家。他還說臺灣現在勞動力不夠，大家應該多生幾個。」

「眞是信口開河。中國人說人口人口，一個人就一張口，這麼多人要吃飯，怎麼得了！多生一個，不是添雙筷子就完事。添雙筷子，我們都得少吃兩口。」

弟弟不說話，在黑暗中抽煙。停了一會，說：

「哥哥，你眞的不相信有人能未卜先知？」

「不相信。」

「假如明天神童猜得出隨機數，你怎麼說？」

「我還是不信。」程凌笑了，「也許神童能猜中別人的心意。心有靈犀一點通，這和未卜先知不一樣。」

弟弟將香煙彈向陽臺外。

「我倒希望神童能未卜先知。我有好多問題可以問他。我想知道，我爲甚麼活著？人爲甚麼活著？人類未來會成甚麼樣子？我眞的想知道。」

程凌望著遠處。公寓之外還有公寓還有公寓還有公寓還有公寓。電視天線是臺北的叢林，沒有飛鳥棲息的叢林。良久，程凌站起來，拍拍衣服。

「涼了，進去罷。」

6

程凌趕到雄鷄餐廳，周培還沒來。他站在門口等了一會，想起衡陽街那面還有一扇門，便繞過去，也沒看到周培。他又繞回來，等了五分鐘，覺得自己實在太蠢，還是進餐廳等。周培和小董果然已坐在角落裡，沒有宋經理的影子。

「老宋臨時黃牛了。」

周培一副沒事人的樣子，程凌心頭有火。

「他媽的，就這麼簡單，黃牛了，他把我們都看成傻瓜，隨他擺佈？眞是你的好朋友！」

「別氣，老宋實在有事。這一頓算我的。」

「你海派。媽的，幾個苦哈哈，還出來擺闊。去吃牛肉麵算了。」

周培不說話。小董替他們倆打圓場。

「旣來之則安之。一人叫一客蛋炒飯，現在走不好意思。」

小董眞點了三客蛋炒飯。程凌狼吞虎嚥吃完一盤，灌下幾杯茶，略有飽意。餐廳人不多，只有幾對情侶喁喁私語。奏電子琴的小姐坐在琴前發呆。小董一推周培，神祕的說：

「我認識這位小姐。」

周培表情有點僵，他吃了頓悶飯，程凌知道他不開心。小董揮手叫女侍過來，掏出筆寫了張字條遞給女侍。

「請你送一杯蕃茄汁給那位小姐。」

女侍端飲料給奏電子琴的小姐。她回首朝小董一笑，開始奏大江東去。程凌打個哈哈：

「看不出，小董深藏不露，有一手啊。」

小董沒有笑，慢吞吞的說。

「從前我和她有點交情。」

「請她過來聊聊？」

「不必，現在我和她沒有甚麼交情，一首大江東去而已。」

三人出了雄鷄餐廳，陽光正濃，程凌戴上墨鏡。小董低著頭。周培似乎仍在鬧情緒。程凌不過意，拍拍他肩膀。

「搞股票的事，你全權做主，我們都聽你的。」

「事情又有變化。老宋就是爲忙這事黃牛。我們只有按兵不動。」

三個人在臺灣銀行前站住。程凌說：

「那麼我們不如專心搞廣告社，先把接來的生意做完。」

「目前只有如此。我再到處跑跑看。」

程凌把昨晚馮爲民給他的情報告訴周培，周培答允和毛經理聯絡。程凌知道他一心一意仍在股票上頭，拉廣告生意不會很起勁。程凌感覺得出周培不可能再和他合作太久，心裡有些難過。他突然有個主意，對周培說：

「假如我搞到股票情報，我們還是幹一票？」

周培看他一眼。

「你哪裡搞得到股票情報。」

「說不定我有辦法。」程凌便說出有人可能會未卜先知，能預測股票行情。講完程凌立刻後悔。他要弟弟守密，自己卻先講出來。但他並沒有和盤托出，弟弟應該不會責怪他？周培對程凌說的故事，卻十分冷淡。

「程胖，世界上能預測股票行情的只有一種人，就是手頭有成綑成綑的鈔票，能操縱市場的大玩家。除了這些大玩家，誰要預測股票行情，就該誰倒楣。沒有內幕消息，亂炒股票，一定輸脫底，輸得滴滴答。」

「假如有人能未卜先知，就又當別論了。」

「也許。」周培說。「我們還是暫時按兵不動，等老宋的消息。如果多頭要動，我們再跟進，絕不打沒有把握的仗。」

「到底是甚麼股票？」

周培湊在程凌耳邊說了幾個字，程凌眉毛一揚。

「不會吧？股票不是全在他們幾個大股東手裡？」

「表面上的確如此。其實不然，內情相當複雜。你看著好了。不出三個月，有人要倒楣。可是你千萬不要跟別人亂講。」

周培自個兒走了。程凌和小董回到雄鷄餐廳前。小董發動他的五〇西西摩托車，程凌勉強坐在後頭，兩條腿沒處擺，只有讓鞋跟在地上擦。程凌碰小董一下：

「送我到中山北路二段好不好？」

小董的摩托車只能走慢車道。兩人在鬧區裡兜來兜去，好容易上了青島東路。程凌兩腿懸空，累得滿頭是汗。小董的摩托車雖舊，居然十分靈活，左拐右拐，程凌坐不穩，抓住小董衣服。

「慢慢來，不要表演特技，我吃不消。」

「你太壯，車子重心不穩。」

「要不然我騎，你坐後座？」

「不必。我會小心一點。程胖，下次周培要搞股票，你不必鼓勵他。剛才他已經算了，你又煽火，何苦？我實在不明白你的做法。」

小董車一晃，程凌差點踢到電燈柱，忙縮回右腿。他忍不住說：

「慢慢來，你技術未免太差了。」

「抱歉。我們應該和周培講明白，廣告社的生意，應該是第一優先。他要搞股票，自己去搞，不必拖大家下水。」

「周培是好意。人各有志。你要他不搞股票，他恐怕對公司更沒興趣。」

「你自己說的人各有志。大家興趣不同，早些分手也好，不傷和氣。勉強拉住周培，沒有甚麼意思。對不對？你有時太顧慮朋友交情，簡直婦人之仁。」

程凌想不到小董會講出一番大道理。他一面平衡身軀，一面尋思。小董說的有理，但是他自己爲甚麼不肯當面告訴周培？總希望程凌出面做惡人。小董未免太懦弱。程凌抹掉臉上的汗。

「公司一共不過三個股東，都不能合作，會讓人笑話。我們還是不要鬧窩裡反。實在搞不下去再講。我就在這裡下。」

小董煞住摩托車，程凌艱難的從後座跨下，雙腿完全麻痺了。小董右手一轉油門，摩托車隆隆做響。

「那家學校的展覽圖片我已經設計好，你要不要看看？」

「不用，我昨晚看了一下，你搞得不壞。」

「那麼我下午就送去。你等會來不來？」

「我會回來。神童世界的片頭我修改過，就在你右手抽屜裡。恐怕我們得重畫幾張。」

「甚麼時候繳卷？」

「星期天。今天才星期四，來得及的，回頭見。」

程凌走進航空公司辦事處。黃端淑正在打電話，示意程凌稍候。程凌選擇冷氣機前面的皮椅坐下，覺得全身舒暢，肚子卻又餓了。搭一趟小董的摩托車，一盤蛋炒飯也消化得差不多。他遊目四顧，牆上貼著琳瑯滿目的海報。香港、東京、紐約、曼谷、雪梨。他爲一張海報吸引住。金黃色的海灘，藍得出奇的海水，海灘後山麓一排排雪白的方形建築。加勒比海。他懷疑誰會到加勒比海度假。臺北的有錢人還不至於闊到這個地步？海灘極富吸引力。如果程凌有錢，他也想去加勒比海。金黃色的海灘上沒有獅子。不，沒有獅子。海明威夢想的是非洲的海岸。程凌從來沒有夢想過非洲。他認識一個女孩。後來她去塔桑尼亞當護士，再沒聽到她的消息。一位單身的黃種女孩到非洲去當護士，不知道她過得如何？程凌好像還有她的地址。應該寫信去問她，非洲海岸上究竟還有沒有獅子？程凌一連打了兩個噴嚏。

「小心感冒，程凌。」

黃端淑微笑著站在他面前。程凌端詳著她。黃端淑還是那麼安詳美麗。她理一理頭髮。

「星期二晚上我有事情，沒能參加你們的聚會。大家都去了？」

「齊飛，宋平和妳都沒到。大家說你們再不出席，要取消你們的會員資格。」

「眞對不起，星期二晚上我眞的有事，下次最好早一點通知我。」

程凌盤算著如何開口。電話鈴響了，黃端淑說聲對不起。程凌走到櫃枱旁，看她接電話。黃端淑抽出一張機票，一邊講，一邊寫。香港。來回票。七月十日。不，我們現在還不能劃座位。你必須親自來一趟。是的。出境證可以送到這裡來。謝謝你搭乘我們航空公司的飛機。再見。黃端淑抬頭對他微笑。程凌說：

「怎麼只有妳一個人？」

「其他的人去喫中飯。程凌，我在傑西家看到你兩幅畫。你爲甚麼要畫那樣的畫？」

「妳不喜歡？」

「當然不喜歡。」她表情嚴肅，程凌暗暗心驚。「你爲甚麼要畫那樣的畫？」

「隨便畫著玩。傑西說可能有外國主顧喜歡。」程凌趕緊說下去。「也是去年畫的了。今年我沒有畫甚麼，沒有畫甚麼。」

黃端淑抿緊嘴唇。程凌不喜歡她這種表情，覺得她這樣最不好看。他曉得黃端淑心裡想甚麼。他想說。有甚麼了不起，高悅白還不是畫那樣的畫，終於忍住了。電話鈴又響，這次是找一位白小姐，黃端淑說白小姐不在。程凌看她放下電話，說：

「我要回去上班，這星期六妳有沒有空？」

「我還不知道。可能要去姨媽家。」

「馮爲民和我想請妳，彌補星期二那一次。大家好久沒聊聊了。還有高悅白。」

黃端淑考慮了一下，沒說甚麼。

「我要回去上班。我再打電話告訴妳地方。」

「我可能要去姨媽家。」

「我會儘快打電話給妳。」

航空公司的幾位女職員回來，程凌乘機告辭，黃端淑送他出來，輕聲說：

「不要畫那樣的畫。我也勸過高悅白。你們何必走這條路。」

程凌看著黃端淑。原來她知道。也許他們爲此吵架？程凌想起從前他剛開始畫廣告畫，黃端淑並沒有反對。高悅白走差一步，她就著急了。

「我會盡快打電話給妳。」

小妹又在鴻新公司裡聊天，看到程凌回來，她居然迎出來。

「程先生，有一位小姐在樓上等你。」又大搖大擺回鴻新公司。

程凌暗自咒罵一句，三步併做兩步跑上樓。丁玉梅坐在桌子上，盤著腿，手裡拿著他的丁字尺。

「嗨！」

程凌發現丁玉梅一個人在廣告社，十分詫異。

「妳沒有看到小董？」

「是不是你那位戴眼鏡的同事？我來，他剛要出去。對了，我還替你接了幾個電話，喏，都記在這裡。你應該聘我當你的女祕書。」

「那個小妹眞是豈有此理，一天到晚溜出去。總有一天，我要請她走路。」

「然後你就可以聘請我當你的女祕書。」丁玉梅今天紮了馬尾巴，講話時，一束烏髮左右擺動。「你們公司眞好玩，像小孩玩家家酒。你說，臺北是不是有好些這樣的公司？」

「我想不少。」程凌倒了兩杯茶，一摸水是冷的。「妳不要笑。白手起家，就是要這樣辛苦經營。等到我們有了相當規模，就一點不可笑。」

丁玉梅放下丁字尺，拿起他桌上的幾張圖。

「這就是你給我們設計的片頭？這大頭小身的男孩，好像五子棋神童，好可愛唷。」

程凌最喜歡聽丁玉梅說這句話，似乎世界上眞有那麼多可愛的事物。她微側著頭，深深吸口氣，搖著馬尾巴說「好可愛唷！」不由得人不相信。程凌說：

「這張有諷刺畫的味道，也許張士嘉不喜歡。我還有兩種設計，讓你們挑選一個。」

「我喜歡這張。下星期五我們訪問五子棋神童，就可以用它。」

「下星期五？這麼快？」

「沒有合適的神童嘛。」丁玉梅小聲說。「我告訴你一個祕密。明天我們播出神童世界，那個小女孩是假神童。」

「假神童？」

「嗯，假神童。只有張士嘉和我知道，老龔都不曉得。你千萬不要告訴別人。張士嘉一定要用她，我反對也沒有用。」丁玉梅嘆口氣。「我不喜歡造假。欺騙觀衆，多不好。可是張士嘉說他有他的苦衷。」

「甚麼苦衷？」

「他不肯說。小女孩會彈鋼琴，我們換了兩首曲子的配音，她自己彈一曲，所以不算完全造假。」

程凌想，八成爲了巴結甚麼人。張士嘉有一套，虧他做得出。他很同情丁玉梅。和張士嘉共事，總要喫點暗虧。萬一事洩，丁玉梅就非倒楣不可。

「好在下星期我們訪問五子棋神童，這位總是眞的了。」

程凌想起五子棋神童凹凸不平的怪頭。弟弟不知道找到他沒有？能未卜先知的神童。最好暫時不要讓張士嘉知道，誰知道他又會玩甚麼花樣。這年頭，傷人之心不可有，防人之心不可無。萬一神童眞能夠未卜先知，就會變成稀世奇珍。程凌覺得神童應該有自由發展的機會。被電視公司亂捧出來，他準成社會的玩物，對他太不公平。丁玉梅說：

「你在想甚麼？你還沒問我爲甚麼來找你。」

「妳爲甚麼來找我？」

「因爲我要你陪我去參觀劉教授的工廠。你總該記得劉教授？你對他不太友善。」

程凌一時猜不透丁玉梅的用意。昨天她還在生他的氣，現在丁玉梅卻要他陪她參觀劉教授的工廠。

「搞不過，妳甚麼時候對參觀工廠發生興趣？」

丁玉梅嘟起小嘴。

「我並不想去，人家堅持邀請嘛。我猜你也許會有興趣。」

「我沒有興趣。」

程凌心想劉教授也是個活寶，追女孩子先請她參觀工廠，哪一門子的追求術。丁玉梅要他當保鏢，還是夾蘿蔔干？反正都不能答應。

「你有興趣，我知道。」

「我沒有興趣。我還有很多事情待辦。」

「陪我去嘛。」丁玉梅央求道。「他一會兒就要來這裡接我——們。我說了你要去。」

程凌堅決搖頭，抓起剛響的電話。不行，小姐，君子有所不爲。弟弟的聲音興奮得顫抖。

「哥哥！」

「甚麼事？」

「他全猜中了！所有的隨機數，一個不錯。我相信他鐵能夠未卜先知。你應該看他猜。簡直太神了！」

「你在哪裡？」

「一家冰果店。放心，別人不知道我們搞甚麼鬼。你要不要過來？」

劉教授半截寶塔似的身軀在樓梯口出現。程凌背轉身。

「不行，我現在有事。我們回家再談。」

「也好。我下午要去學校看成績。下一步怎麼辦？」

「先想法跟他解釋，不要跟旁人露了。」

「我怎麼說呢？」

「你看著辦。再見。」

程淩招呼劉教授隨便坐。劉教授露齒微笑，眼睛盯住丁玉梅，程淩幾句應酬話都沒聽見。丁玉梅說程淩也要去參觀工廠，劉教授似乎這才察覺到程淩的存在，連聲說好極好極。程淩看他言不由衷，十分不願去。丁玉梅卻毫無所覺，堅持大家一道走。劉教授的車是一輛七二年的雪佛蘭，大紅色，全自動排檔，原裝冷氣。程淩擠進後座，看劉教授替丁玉梅關好車門，隨手打開冷氣，車裡溫度迅速下降。程淩卻似白雪公主躺在玻璃棺材裡，外涼內燥，一股說不出的滋味。

「劉兄經營甚麼工廠？」

「和人合夥，在萬華弄了個電容器廠。還有一家電子儀器廠在八堵。規模都不大，一年做不了十幾萬美金生意。不當法眼，不當法眼。」

丁玉梅說：

「你眞能幹。又下棋，又教書，又開工廠。你怎麼忙得過來呢？」

劉教授謙虛的笑笑：

「工廠和人合夥，我祇出點主意。我看程兄才眞正了不起，又是畫家，又能做生意。程兄做生意，是否會影響繪畫？賺錢不忘藝術，程兄實在難能可貴。」

程淩打了一個噴嚏，擔心自己不要眞得熱感冒。

「劉兄過獎了。我現在只設計廣告。劉兄是水利專家，居然開電子工廠，更是難能可貴。」

「其實我並不想開廠，被人硬拉進去的。」劉教授說，「我有一位中學同班同學，人絕頂聰明，六年來一直他考第一，我考第二。當年我們競爭得很厲害，大學畢業後感情倒好了。他開廠一定要找我幫忙，還說，做生意跟下棋一樣，都是鬥智的遊戲。你會下棋就會做生意，我拗不過他。現在發現做生意的確和下棋一樣，而且更緊張刺激。所以我現在象棋也少下，棋王拱手讓人，也可以使新人出頭。」

丁玉梅回頭對程凌說：

「提到下棋，你覺得那位五子棋神童怎樣？」

「他有點道理。可惜只會下五子棋，一般觀眾可能不會太感興趣。」

劉教授說：

「程兄說得對。這孩子是可造之材，應該訓練他下象棋，看他有沒有更高的天份。」

「劉兄肯訓練他？等他訓練好，再下幾局指導棋如何？」

劉教授還沒回答，丁玉梅插嘴說：

「來不及了。下星期五，我們就打算在神童世界推出五子棋神童的節目。只有一個星期，他來不及學好象棋呢。」

程淩說：

「既然是神童，說不定一學就精。劉兄，假如五子棋神童改下象棋，你願意不願意在電視上公開和他下三盤指導棋？」

劉教授大笑說：

「程兄未免將象棋看得太容易。象棋易學難精，不要說一星期，十年也不能學得登峰造極。就是以我目前的棋力，也不敢誇口說精通象棋。」

「劉兄意思是答應和神童比棋？」

「假如丁小姐願意這麼做，我樂意奉陪。只怕丁小姐覺得不妥當？」

丁玉梅說：

「如果你肯和五子棋神童比賽，當然會轟動。可是他怎麼下得過你呢？」

程淩說：

「不用怕，我來訓練他下象棋。一個星期，包管可以向劉兄挑戰。」

「程兄，你不但是畫家，還精通象棋，欽佩得很。但我有一句不客氣的話，希望程兄不要見怪，任何人想贏得了我，恐怕不太容易，不太容易，哈哈。」

程淩又打一個噴嚏。丁玉梅瞄他一眼。

「還是下五子棋算了。神童世界前一陣都是音樂神童的節目，能換換口味，觀衆耳目一新，公司就滿意了。對了，程淩，昨天你們有沒有和神童下一子棋？」

程淩說：

「一子棋也好，五子棋也好，都不如神童對劉教授的挑戰賽，來得緊張刺激。」

「看來程兄還不肯死心？我沒有問題。只要丁小姐一句話，赴湯蹈火我都樂意，何況陪神童下棋。」

劉教授緩緩停住車。他們已到環河南街，附近並沒有工廠廠房。程淩正覺得奇怪，劉教授手指一幢公寓式灰色建築，說他的工廠暫租用二、三樓，將來淡水新廠房造好，就要搬過去。程淩、丁玉梅跟隨劉教授上樓，一樓的女孩子都抬起頭來。原來整層樓坐了六排女工，每人面前桌上有一個小木盤。木盤中央突起一個釘子。女工將一段電線黏貼在長紙條的一端，轉動木盤，紙條便一層層捲起，再黏上另一段電線，剪斷紙條，小小的紙卷就成了電容器。除了這些女孩子，兩座烘烤箱和幾套電子儀表，工廠再沒有其他設備。程淩心中好笑，對丁玉梅說：

「你說我們的公司像玩家家酒，這個工廠更像。」

劉敎授一整面容說：

「程兄不要小看我們的工廠。全臺灣外銷的電容器，有四分之一從這裡出去。你別看我們的設備十分簡單，其實全經過精心設計。熟練的女工，一小時可以捲一百多個電容器。」

「我從沒想到電子零件也可以用手工製造。」丁玉梅說。女工都偷偷在看她。「這樣夠精確嗎？」

「沒問題，我們有全世界最勤奮、最優秀的女工。這是我們成功的原動力。」劉敎授請他們到三樓的辦公室休息。「請坐，我去招呼招呼就回來。」

丁玉梅拿出小手帕擦鼻尖的汗。程凌找到一個空的茶杯，找不到茶壺。兩張辦公桌桌面一層厚灰。玻璃窗的灰塵上有人用手指寫了幾個英文字。牆壁歪歪斜斜釘著幾十張小紙條和名片。程凌說：

「劉敎授怎麼會請妳來參觀這種工廠？」

「也許因爲我提到爸爸在新加坡開電子工廠。」丁玉梅微笑，「這個人眞有意思。昨天才認得，今天就來找我，請我出來玩。你爲甚麼不喜歡他？」

「沒有的事。他吹牛不打草稿，我佩服都來不及。希望他下棋跟吹牛一樣有本領。」

「你覺得神童有資格向他挑戰？你有把握神童會贏？至少不能輸太多。」

「我試試看。只要略加指導，神童應該可以贏。」

「你也和劉教授一樣會吹牛嘛。假如他們眞的旗鼓相當，我就和張士嘉講，正式邀請劉教授來我們的節目。」

劉教授同一位中年男子回來，中年漢子端來三杯可樂。

「對不起，沒有甚麼招待。程兄大概看不上我們工廠。說一句不客氣的話，我們這種小資本家，是經濟起飛眞正的功臣。沒有我們猛打猛衝，外銷哪裡來的市場？程兄自己做生意，你同意我這句話吧？」

「劉兄過獎了。我哪裡算得上小資本家，不能和劉兄相提並論。」

「不看現在，要看將來。」劉教授說，「二十年後，說不定我們都是大資本家。只要有幹勁，現在有的是白手起家的機會。錢沒有甚麼，我並不愛錢。但有了錢，就不必受人的氣。錢就是自由。程兄同意我這句話吧？」

「劉兄高見。有錢的確不必受人的氣。可是爲了賺錢，必須受人的氣。結果還是受氣。」

劉教授仰天大笑：

「程兄不愧是藝術家，講話很藝術。不受氣是目的，受氣是手段。跟下棋一樣。爲了贏棋，要肯先犧牲一些棋子。下棋一定要贏，做生意一定要賺錢。現在受氣沒有關係，二十年後絕不受氣。我有信心。」

「二十年後換別人受你的氣？」

劉教授說：

「我不是爲富不仁的資本家。我們工廠雖小，員工待遇不錯。我的幾個技工都肯上進。晚上我鼓勵他們開班，自己進修基本電工原理。最近生意不好，丟了幾個外銷主顧，我一個女工沒裁。」

「現在找女工不容易，請她走路，再請不回來。」程凌想起自己公司小妹的跋扈。

「她們俏得很。」

「程兄也有經驗？我們倒是惺惺相惜啊。」劉教授對丁玉梅說，「丁小姐，令尊的廠一定比這個像樣多了。等到淡水新廠落成，我再請兩位來玩。」

丁玉梅皺皺鼻。

「謝了。我們回去好嗎？」

劉教授吩咐中年漢子幾句。回到車上，劉教授扭開冷氣機，丁玉梅吐口氣。

「好舒服。我眞怕熱。」

「丁小姐，剛才那些女孩子都認得妳。她們看過妳的節目。妳演過連續劇？」

「去年客串了一陣。我不會演戲。」

「那就是了。她們都記得妳。」

「沒有人知道我主持神童世界。」丁玉梅說，「可見神童世界很少人看。好慘！連程凌都不看。」

「我看。我每次都看。」

「騙人。上次心算神童你明明沒看。」

劉教授說：

「心算神童我看了。丁小姐的節目，我非常喜歡。妳的構想別出心裁，眞好極了。可惜我早生二十年，不然也可以到妳的神童世界裡亮相，哈哈！」

程凌忍不住又打噴嚏。丁玉梅說：

「還來得及嘛。假如我們眞的邀請你和五子棋神童下棋，你一定要答應唷？」

「那還用說，聽候丁小姐吩咐。」

「程凌，你趕快敎五子棋神童下象棋吧。」

「放心。小神童一定打得過老神童。」

丁玉梅要回電視公司。程凌在西門町請劉教授讓他先下車。程凌中午沒喫飽，加上生了一下午悶氣，越覺饑腸轆轆，跑進點心世界要了一盤煎包，一碗綠豆稀飯，一面喫，一面盤算。劉教授如此張牙舞爪，五子棋神童若能贏幾盤棋，讓他當衆出醜，也可以殺殺他威風。如果五子棋神童的確能未卜先知，贏棋並不是難事。只要神童先預測出劉教授的棋路，程凌和弟弟可以想好破解的方法，到時神童只要按譜下棋，不怕劉教授不輸。又想，姓劉的對丁玉梅一定不懷好意。剛才忘了點破他在追黃端淑。一腳跨兩船，總要他喫點苦頭。再想，大學教授青年才俊也在弄錢，人同此心，心同此理，誰能免俗。黃端淑苛求高悅白和自己，未免太過分。劉教授講的有理。錢就是自由，有錢就不必受氣。程凌看西門町熙來攘往的行人，他注意到臺北人走路越來越快。程凌不記得自己在中學和大學裡怎麼走路，好像不如現在走得快，走得有勁。走得有勁？程凌下意識摸摸肚子，嘆口氣，將碗裡的綠豆稀飯舔得一乾二淨。

程凌到書店買了一盒象棋，一本梅花譜，一本橘中祕。書店的男店員拿紙袋裝好遞給他，笑嘻嘻的問：

「先生喜歡下象棋啊？」

程淩說：

「要挑人打擂臺，先研究一下棋譜。」

「這兩本棋譜，夠先生研究幾年了。」

程淩微微一笑：

「你也喜歡下象棋？等著看吧，棋壇不久要熱鬧了……」

7

「不行！你怎麼能要求神童預測每一步棋？」

「爲甚麼不行？」

「我想不行。到目前爲止，他只預測過一步棋，沒有預測過好幾步棋。」

「不是一樣的道理？他能夠預測一步，就能預測十步，二十步。」

「不一樣。我覺得不一樣。」弟弟脫掉上衣。程凌家裡沒安裝冷氣機。因爲是頂樓，晚上七、八點仍然很熱。弟弟的房間只有一個小窗，感覺上特別熱。弟弟分給程凌一根煙，兩人相對吸煙。過一會，弟弟說：

「你想，平常一個不會下棋的人，只能夠看兩三步棋。高手能夠看五、六步棋就了不起了。看一步棋很容易，沒有多少變化。兩步棋，變化就多好些。三、四步棋後，局勢就非常複雜。如果你要考慮所有可能的變化，這數目成幾何級數增加。這麼複雜的情況，神童不可能預測。」

「可是神童不是平常人。你不是說他可以預測亂七八糟的數字，他就應該可以預測一切事情？」

「對。可是隨機數只是一串數字，結構很簡單。」弟弟說，「神童能預測隨機數，只能證明他可以掌握所有簡單的局勢。我舉個例子你就明白我的意思。」

弟弟扭開床頭的小燈。

「你看這燈，光線集中在一小塊區域，你可以看清楚燈光裡所有的東西。如果我這麼做。」弟弟舉起小燈。「你看，光線散佈到廣大的區域，可是你看不清楚燈光照到的每件東西。如果我們集中智慧到一個狹小的領域，我們可以對這裡面的事物有深入的認識，但我們忽略了領域外的廣大天地。反過來說，如果我們讓智慧分散，我們對世界得到普遍的了解，卻無法深入認識任何特殊的事情。我懷疑神童預測的能力也像這燈一樣。他可以精確預測簡單的事情，例如猜拳和隨機數。但我不相信他能夠精確預測極複雜的事情。他不可能告訴你二十年後世界上會有多少人。」

「下象棋並不太複雜。普通人都可以看兩三步棋。神童應該看得更遠。」

「可是他必須能預測劉教授下星期五那天的心理狀態，才能預測劉教授那天能下甚麼棋。」弟弟搖搖頭，「這太複雜了。你怎麼能知道一個人未來的心理狀態？說不定劉教授故意下輸。說不定他故意不好好下。你怎麼知道？」

「劉教授的心理狀態路人皆知。」程凌說，「那小子言大而誇，他能贏棋一定不會放過，輸了就號稱放水。這是他的心理狀態。」

「你對劉教授有偏見。劉教授雖然愛蓋，人還不壞。今天是你自己失策。女孩子都喜歡衆星拱月，這是她們最基本的伎倆。要我是你，絕對不跟去夾蘿蔔干，多沒面子。」

「你還不夠資格教訓我。」

弟弟再分給程凌一根煙。

「當局者迷。不聽老弟言，吃苦在眼前，我眞佩服你，跟曾國藩一樣，屢敗屢戰。曾國藩曉得回老家練湘軍，你怎麼不會改變一下戰術？」

「我本來不想去，後來不好意思。」

「眞是婦人之仁。」弟弟說，「被丁玉梅喫定了，她反而不會睬你。偶然不妨性格一下。不信下次可以試試。」

程凌今天第二次被人說婦人之仁，猛抽煙，無話可說。母親推開門，看到室內煙霧瀰漫，用手到處搧。

「兩個人又在抽煙！做哥哥不曉得做好榜樣，做弟弟也跟著學壞。看看這一碟子煙頭！你們抽了多少根啦？不許再抽。」

「媽要出去？」弟弟趕緊清掉煙灰缸。

「我去教堂。你們不准再抽。煙頭不要那麼快往字紙簍倒，小心把房子燒掉。程凓，你今天拿到成績單沒有？」

「還沒。主科成績都公佈了，我考得不壞。下學期獎學金不會有問題的。」

母親的表情很愉快。程凌陪她下樓，看母親踽踽走出巷口。應該喊一輛計程車。但母親不肯坐。她和父親一樣，喜歡走路。父親到病發前一星期還每天步行五公里。早先程凌記得父親每天清晨帶他們跑步，一直跑到公館公車亭才回頭。後來有一次幾乎得腦溢血。醫生診斷說父親跑步震斷了微血管，也不知眞假，老年人血脈硬化總是事實，後來就改爲步行。醫生一直擔心父親的血管，最後想不到是肝出了毛病。

好在母親很快恢復過來。程凌和弟弟曾暗中擔心，她一輩子生活在父親的陰影裡，從來沒有離開父親單獨做過任何決定，父親去了，她很可能完全崩潰。但母親比他們想像的堅強，很快就適應了新環境。程凌一度努力想扮演一家之主的角色，後來發現母親並不需要他取代父親的位置，她仍把他和弟弟當小孩看待。母親成了一家之主，而且她很樂意代替父親管教他們。程凌有時候想，這也許是母親能堅強活下去的主要原因。他和弟弟商量過，萬一兄弟有一人出國，另一人就得留下，絕不能同時離開母親。那時候程淩還想動，這兩年雄心漸淡，倒一心希望弟弟出去，將來也許能接母親去享福。他自己無所謂，日子總混得過去。唯有找尋對象，略費思量，卻也並不是絕對必要的了。

林先生一家都坐在門口乘涼。程淩不明白他家裝了冷氣，爲甚麼總捨不得用。林先生氣憤的告訴程淩，油箱蓋子又被人偷走。現在他肯定有人故意和他搗蛋，他絕不能放過這壞蛋。

林先生的拳頭在空中飛舞。大著肚子的林太太卻坐在一旁籐椅上，昏昏欲睡。「我要把他——抓出來，讓他知道我老林的厲害！」

林先生氣憤的表情，使程淩忍不住想笑。他自覺不是對待鄰居應有的態度，趕緊敷衍幾句上樓。弟弟將熱門音樂播放到震耳欲聾的地步。程淩對著他耳朵吼：

「小聲一點好不好？」

弟弟聳聳肩，程淩關小唱機。

「一天到晚談哲學，關起門來照聽熱門音樂，是不是有點不倫不類？」

「道在瓦溺。大便裡都有哲學，熱門音樂總比大便高級。披頭四的歌更非等閒。你聽！」披頭四正在唱「無處人」，主要的旋律倒有點像新世界交響曲。弟弟說：「只看自己想看見的，沒有自己的觀點。你不覺得你很像他？你聽過黃色潛水艇沒有？」

「老掉牙的歌，老掉牙的人道主義。愛有甚麼用？談來談去都是外國人的哲學，干你甚麼事？」

弟弟將唱機關掉。房間裡頓時安靜下來，只聽到窗外傳來鄰居冷氣機的嗡嗡聲。

「從前有一位荷蘭哲學家，」弟弟說，「叫做來布尼茲。他說這個世界不完全是善的，充滿了罪惡和痛苦。但這個世界，是所有可能存在的世界裡最好的世界。」

「膚淺的樂觀主義。伏爾泰早就將他批評得體無完膚。我真對你失望。搞來搞去，還跳不出理性主義的框框。」

「你要我學你？我早聽厭了你那一套。世界即使沒救，又怎麼樣？我們還不是要活下去？伏爾泰有一顆熾熱的心，卡繆也是一樣，你呢？」

程凌站在窗前，冷氣機的嗡嗡聲令他不安。這一刻全臺北有多少架冷氣機在轉動？全世界有多少架冷氣機在轉動？弟弟繼續說：

「我讀過一篇數理生物學的奇怪論文，專門分析向日葵花瓣的形成。你知道花瓣螺旋理想的數目，常是費伯納奇數？有時是二十一螺旋，有時是三十四螺旋。你可以用數學來解釋花瓣的形成，即使花瓣間的角度，也和黃金比率有一定的關係。一朵花都有內在的規律。歷史能沒有內在的規律？」

程凌不自覺點燃另一根煙：

「我不願意和你辯論。我只想畫。我希望我還能夠畫。」

「你當然能夠畫。」弟弟笑了，「只要你肯畫廣告畫，甚麼你都能畫。對你還有甚麼分別？」

「還是有分別。」

「沒有分別。你應該明白，完全沒有分別。」

「還是有分別。」

程凌的聲音很微弱，幾乎是自言自語。汗珠從頭部滑下胸膛。程凌可以聽得到冷氣機的嗡嗡聲，那麼引起他涼爽的遐想，那麼催人昏昏欲睡。

8

五子棋神童不安的坐在椅子正中央，他瘦弱的頸子似乎無法撐住大頭，不得不縮起頸項，盡可能將頭部的壓力轉移到肩膀上。他用手拉扯黃卡其短褲邊緣的線頭。程凌和氣的說：

「再試一次。努力想，他下一步走哪裡？」

五子棋神童看看程凌，又看看弟弟。程凌催促他：

「他下一步走哪裡？」

五子棋神童越發不安，不住扭動瘦小的身軀。他終於伸出手臂，移動棋盤上的棋子。程凌有如釋重負的感覺，對弟弟說：

「記下來，兵三進一。」

弟弟在筆記本寫下兵三進一，把原子筆一扔：

「不行，我們算了吧。我覺得太不合理。」

「爲甚麼不合理？他已經預測了五步棋。我們走一步，他就替劉教授預測一步，不是很合理嗎？」

「我就是認為這樣不合理。他現在等於替劉教授下棋。劉教授的棋，看我們的棋決定。如果我們棋不這樣走，換一個走法，劉教授的走法也會改變，對不對？」

「不錯。」

「所以我們走法不同，他就會有不同的預測。」弟弟咬住嘴唇，「換句話說，他對未來可以有許多不同的預測。這太不合理。」

程凌仔細思考弟弟的話。五子棋神童靜靜坐著。聆聽他們的討論，臉上毫無表情，好像他們討論的是火星上的事。程凌想了許久，終於想通了。

「還是很合理。你忽略了人的主體性。神童並不能完全預測未來，他必須完全掌握事情變化因素之一，他當然必須先決定自己的行動，才能預測變化的後果。這就是你昨天說的燈光的比喻。如果他自己的行動也是變化的各種因素，才能預測變化的後果。他的行動不同，事情結果也不一樣。」

弟弟直怔怔看著程凌。

「你知道你這話的意思是甚麼？如果你說得對，歷史就不完全是前定的。我們的行動可以影響歷史。」

「當然。我本來就不相信歷史決定論。神童的天賦，能預先告訴他行動的後果，並不是說他的行動沒有作用。」

「所以他能夠選擇適當的行動，每次猜拳都贏。」弟弟興奮起來，「對，你說得對。可是我的理論也對。他還是不能處理非常複雜的情況。所以他只下五子棋。他有把握能預先想出五子棋必勝的棋路。如果現在我們替他下象棋，就等於我們替他分析象棋的許多情況。我們也可以找到必勝的走法。」

五子棋神童靜聽著，看看弟弟，又看看程凌，突然小聲說：

「我喜歡下五子棋，爲甚麼你們不讓我下五子棋？」

程凌對五子棋神童和氣的說：

「我們一會就下五子棋。電視公司的叔叔和阿姨希望你和劉先生下三盤象棋，只下三盤就好了。你一定可以贏。只要你現在用心想，劉先生會怎麼下，我們就幫你想你應該怎麼下。到時候你只要記好你的棋，一定可以贏。」

五子棋神童不安的說：

「可是我只喜歡下五子棋。他們爲甚麼不讓我下五子棋？」

「他們也要你下五子棋。只要你肯先和劉先生下三盤象棋，以後隨便你下幾盤五子棋都可以。那時候你就是五子棋的棋王了，大家都知道你是棋王，你高興吧？」

神童低下頭，瘦削的三角臉上顯出疲憊的神情。

「我很怕。下五子棋容易多了。想劉先生的棋好累。」

弟弟說：

「你看，我告訴過你他不能考慮太複雜的問題。這樣的預測，一定很耗精神，我們不應該過分逼他。」

程凌也有些不忍。他倒了一杯橘子水給五子棋神童。小孩靜靜啜吸著。程凌看客廳的掛鐘。十點半，他應該去廣告社看看。要神童向劉教授挑戰象棋，只是他一時興起的奇想，其實並不要緊，他和劉教授也沒有甚麼深仇大怨。還是算了。他又想到丁玉梅希望神童表演一子棋。如果眞在電視上表演一子棋，豈不更引人注意？也許還是該勸神童改下象棋？說不定培植出一朵象棋奇葩，也沒有人再會疑心神童的異稟，對神童反而比較好。程凌十分躊躇。弟弟似乎看穿他的心思：

「哥哥，你先去上班。他能夠下象棋最好。不能，我們也不勉強。怎麼樣？」

程凌欣然同意。他已經出門，想想又跑回四樓，弟弟正在給神童看他做的飛機模型。程凌將弟弟拉到一旁，低聲說：

「你能不能請他預測一種股票的行情？只要一種就好。我希望知道下星期某某股票價錢大概多少，絕不再多有要求。」

「果然不出我所料，你眞是財迷心竅。萬一他肯，你千萬不能跟別人提神童的事。」

「我不會。」程凌暗自慚愧，昨天他竟已告訴周培和小董，好在他們不相信。「只要知道大概的行情就成，絕不貪心，我實在需要錢。」

程凌到廣告社，小董說張士嘉已經打了三次電話。程凌掛電話到電視公司，張士嘉連珠砲轟將過來。

「程胖，我找你好苦。丁玉梅都告訴我了，老兄這個主意可圈可點。我正愁觀衆對五子棋沒興趣，劉教授名氣不小，這場挑戰賽一定轟動，一定轟動。」

「別急，八字還沒一撇。我不知道神童能不能下象棋……」

張士嘉一個字都沒聽進去。

「老兄硬是罩得住，神童世界全靠你出主意。事成我一定重重謝你。」

「自己哥兒們，謝甚麼。就怕神童贏不了劉教授。」

「那就菜了。程胖，我的飯碗在你手裡。我今天已經請示過極峰，上頭十分支持，下令展開宣傳攻勢。我們神童世界收視率一直朝下跌，非要打強心針不可。程胖，我是烏龜過門檻，但看此一翻，你可不能見死不救。」

「對了，神童世界片頭明天我們就弄好，要不要先給你看看？不好我拿回來修改。」

「你老兄的大手筆，還有甚麼問題。請你等一下。」對方的電話被蒙住，一陣含混的人聲，張士嘉回到線上。「丁玉梅在我旁邊，她要跟你講話。」

「嗨，程凌。後天星期天，你陪我去野柳玩？」

程凌先一喜，又一驚，然後提高警覺。

「我不一定有空，妳和誰約好了？」

「沒有甚麼人，王若芬你認識的，還有劉教授。」

「我不去。」

「我已經替你答應下來。」

「又是劉教授請妳？小姐，恕不奉陪。」

「死相。一起出去玩，何必鬥氣嘛。」

「對不起，我還要和張士嘉談正事，妳請他聽電話好不好？」

聽筒裡半晌沒有聲音，張士嘉又回到線上。

「大小姐氣跑了。程胖，禍從口出，以後講話要小心。君子慎言啊。」

「士嘉。」程凌急切的說，「我現在還沒有把握能讓神童改下象棋，你們的宣傳攻勢，稍等兩天好吧？」

「箭在弦上，不得不發，我豁出去就賭這一次。程胖，你好歹幫我這個忙，我張士嘉給你設長生牌位。」

程凌掛上電話。這次眞是騎虎難下，欲罷不能。他急得背著手團團轉。神童神童，多少是非由你而起。他後悔不該瞎出主意，搞砸了，大家面上都不好看。正午時分，弟弟打電話告訴他神童已經預測完一盤棋。他們擺了五、六次棋譜，總算研究出必勝的棋路。程凌心頭一寬。弟弟說神童很累，下一盤棋留到明天研究。倒是股票行情，神童預測了一個數目。看他疲倦的樣子，準不準很難說。程凌記下股票的價格，立刻找出當天報紙經濟版。股市疲軟，賣主求現心切，紛紛從場外殺出，某某股票的價格，只有神童預測數目的一半。程凌拿報紙的手微微發抖，一手心的汗，喉嚨發乾。小董在一旁看他神色有異，湊過來看程凌手中的報紙。

「又是經濟版，你仍舊想炒股票？」

程凌喃喃唸道：

「三十不發不發，四十不富不富。小董，我們拚了！周培在哪裡？我們找他回來。」

小董摘下眼鏡，掏出手帕細心擦拭。程凌按捺不住，抓住小董的手猛搖：

「小董，我們這次非發財不可。趕緊找周培。我們傾全力買進，立刻買進！」

「你不要這麼興奮。究竟怎麼回事？一下子反對炒股票，一下子又要孤注一擲。我給你弄糊塗了。」

「不要緊，趕緊找周培。」

周培原來人就在證券交易所。程凌要他立刻收進某某股票，電話裡周培也怔了一下，連聲反對。他還沒得到宋經理的消息。股市除了少數場外交易，成交額極少，毫無回升跡象，他不能冒險買進。程凌告訴他不要管，先買一萬股再講。小董一旁乾著急，在紙上寫「一萬股就是一百萬！」拿來程凌鼻子前亂晃。程凌推開小董，對話筒直吼，他擔保買了一定會賺，絕不能痛失良機。兩人在電話裡磨了十來分鐘，周培終於答應買。程凌守在電話機旁，小董也陪著他不喫中飯，兩人你望我我望你，找不出話講。過了快一個鐘頭，周培打來電話，說已經買了五千股。程凌氣得跺腳。

「叫你買一萬股，居然還打折扣。」

「程胖，一萬股就是一百二十幾萬吶。你我怎麼喫得進？」

「又不是馬上交割，先喫進來再講。」

「你眞會說笑話，搞你不過。哪裡有這樣蠻幹的作法。」

「我有絕對可靠的預測。」

「你的預測，現在是二十世紀了呀程胖。靠靈感買股票，我操！」

「請你再買五千股。我們以後再吵好不好？」

又過了一個鐘頭。這一個鐘頭有一世紀那麼長。程凌這才明白伍子胥過昭關的滋味。周培終於打電話來，鈴聲驚得程凌心卜卜直跳。

「買了沒有？」

「買不到手。奇蹟出現，回昇了！別的股票原封不動，就看他一路往上竄，我操！從來沒看過這種怪事，今天算大開眼界。」

「趕快買！趕快買！」

「現在哪裡買得到手？」電話裡人聲嘈雜，證券交易所一定非常熱鬧。「漲停板，都掛出來了。」一陣大吵鬧聲。「漲停板！漲停板！甚麼玩意兒，竟有這種竄法。程胖，他媽祖上積德，給你矇上了。眞是瞎貓碰到死老鼠，我們今天居然打頭陣，第一個上，別人跟隨我們衝，亂有面子！」

程凌慢慢放下電話，證券交易所的嘈雜聲隨之而去。他坐下來，感到身心俱乏。幾小時的興奮，化成一身黏汗。小董撕碎手裡的紙，說：

「成功了?」

程凌點點頭:

「可惜只買進五千股。」

「人心不足蛇吞象。少賺點沒關係,萬一賠了不傷元氣。你的消息那麼準?是不是那位甚麼神童提供的?」

「你不要告訴別人。」程凌蒙住眼睛,覺得累到骨頭裡。「有一位神童能預測未來。但是我只想搞這麼一次就洗手不幹。這樣做不對。我總覺得這樣做不對。你不要告訴別人。」

「我不會講。你要看住周培,他回來一定會追問到底。他講出去就不得了。我不希望廣告公司變成股票投資公司。」

「我沒有這意思。」程凌說,「我只想畫。我還能夠畫。我們撈一票就洗手不幹。」

午後的喧囂從窗外傳來。是下班的時候了。多少車輛和行人擁擠在臺北馬路上。塵埃不見咸陽橋。程凌用力拉扯左手骨節,骨節拍拍做響。五千股。漲一倍,可以賺五十幾萬,一人分近二十萬,雖不算多,夠他們公司維持一兩年。他可以畫。他還能夠畫。錢就是自由。

9

程凌告訴弟弟下午證券市場發生的事，弟弟稱奇不已。弟弟完全相信五子棋神童有未卜先知的異稟，程凌尙有一絲懷疑。周培早知道股票可能上漲，程凌也以爲會上漲，問五子棋神童是爲了測驗周培的情報是否可靠。神童說會漲，可能仍是巧合。到底股票只有漲跌和不動三種情形，隨便找人來猜，也有三分之一猜中的機會。弟弟卻不這麼想。他說五子棋神童閉目苦思了三十分鐘，才預測出股票的動態，可見並不是胡亂猜測。神童預測象棋，每一步只需要想十來分鐘。他爲股票苦思半小時，足見股票漲跌因素，牽涉到不少人的決定，比猜測一個人下棋更複雜。程凌對弟弟的理論不置可否。反正股票已買，他不會再麻煩神童預測甚麼。他不願給神童帶來太多麻煩。

晚飯後他們照例坐在陽臺上乘涼。程凌回想白天和丁玉梅鬧不愉快，頗有幾分後悔，苦思如何彌補。弟弟的話打斷他的思潮。

「記得我昨天提起來布尼茲的哲學觀？我們的世界，是所有可能存在的世界裡最好的世界？我昨晚想了一下，我有一個很棒的解釋，你要不要聽？」

「你說。」

「每一個可能存在的世界，依我的解釋，都像一個肥皂泡。你只要調好一杯肥皂水，拿一根麥管，可以吹出無數個肥皂泡。每一個肥皂泡就是一個可能存在的世界，我認爲這些世界同時存在，就像你一次可以吹好些個肥皂泡一樣。一件事情發生了，在不同的世界裡就會有不同的後果。譬如說，在這一個世界裡你出車禍受傷，另一個世界裡你就可能被車撞死。這些世界可能只有微小的差別。就像我剛才講的，在一個世界裡你還活著，另一個世界裡你已經死去，其他所有情形都一樣。這兩個世界，你會選擇哪一個？也許是第一個世界，如果你一心想活下去的話。可是你如果活得不耐煩了，你可能選擇第二個世界，讓自己消滅。

「這些可能存在的世界，開始的時候差別很小，就像剛離開麥管的肥皂泡。後來他們越離越遠。在某一個世界，你子孫繁盛。在另一個世界，你沒有後代。兩個世界原先只差你一個人，這麼微小的差異，千百年後，就會造成兩個截然不同的世界。你相信嗎？」

程凌懶懶哼了一聲。弟弟繼續說：

「這些可能存在的世界，有無數多個，都同時存在，就像滿天飄浮的肥皂泡。有的世界終歸毀滅，像肥皂泡碰到地面破碎了。我相信在所有能存在的世界裡，有一個世界已經毀於第三次世界大戰。那個肥皀泡已經毀滅了。可是你我並不知道，因爲我們恰巧在另一個肥皀泡上面。

「來布尼茲的意思是說，我們的肥皀泡是最好的肥皀泡。如果別的肥皀泡並不存在，他的哲學就完全沒有意思。所以一定要依我的解釋才行。有無數多個世界，同時存在。你當然看不見，可是在另一個類似的世界裡，也有程凌，他也住在臺北，也是個畫家。他和你唯一不同的是，他畫得比你好，已經是名畫家。你相信不相信有這樣一個世界？你相信不相信有這樣一個肥皀泡？」

程凌微笑。也許在另一個肥皀泡裡，他已經追上丁玉梅？

「所以如果你在這個世界失意，不要灰心，說不定你在另一個世界裡得意非凡。怎麼樣，我這個解釋高級吧？更高級的還在後頭。我怎麼知道我在哪一個肥皀泡裡面？我相信人可以選擇他的世界。並不是有意的選擇，這是正常的人所不會知道的。你在這個世界不開心，說不定你的靈魂一咬牙，就跳上另一個世界。人的靈魂就這樣，能夠超越時空，在或然世界之間跳來跳去。

「你不相信？我問你，你有時做一件事，有沒有突然會感覺，你從前做過同樣的事？可是事實上以前你並沒有做過這事。有沒有？一定有。我就常常有這種經驗。我問過好多同學，他們也說有類似的經驗。以前我以為我重複前生做過的事。現在依照我這多元世界論，更容易解釋了。你會感覺自己在重複做同樣的事，是因為你的靈魂不久前剛從另一個世界逃來。你的確在重複你在另一個世界的經驗。

「無數的或然世界，像無數的肥皂泡一樣，同時存在。人的靈魂由一個世界趨向另一個世界，在世界之間移來移去，有的世界根本沒有人光顧，它立刻像肥皂泡一樣炸了。也有的世界只有少數人喜歡，希特勒一定有他自己的世界。可是所有的世界之中，只有一個世界最受歡迎，絕大多數人的靈魂跳來跳去，最後還是選擇了這個世界。這就是我們的世界，也就是來布尼茲所說的最好的世界。儘管有無數個或然世界，只有我們這一個世界最合乎歷史發展的規律，前途最光明，這就是我對來布尼茲哲學的解釋。」

程凌說：

「不壞，言之有理，從前我也聽過類似的講法，沒有你講的完整。只有一個大漏洞。假如你說的不錯，別人我不知道，至少我的靈魂會跳槽，跑到一個我能夠全心全力創作的世界去。」

「對呀，我沒有否認這種可能性。說不定你的靈魂已經不在這裡了。」

「你的靈魂還在這裡嗎？」

「我不知道，我猜還在。」

「五子棋神童，又如何解釋？」

「這個簡單。」弟弟說。「我這套解釋完全是針對他設計的。大部分的人，雖然有靈魂的自由，可以在或然的世界之間跳來跳去，可是他們卻看不見未來。未來像一座隱形的牆，遮斷了他們的視野。他們看不見未來，完全盲目，自然沒有辦法合理的選擇自己的世界。也許這就是來布尼茲的理論高明的地方。大部分的人看不見未來，只有相信自己已經置身於最美好的世界。

「你不斷計畫，明天該如何，下星期又要如何，不倦的忙碌，卻想不到明天你可能被計程車一頭撞死。你爲著看不見的未來活下去，即使到頭來一場空，不到黃河你心不死。

「可是宇宙也許會故意留下一點小破綻，在未來的牆上開了一扇小窗。有一些奇人，像五子棋神童一樣，就能夠站在窗口眺望。他可以知道世界的未來是更美好，或是更醜惡，或是一片虛空。只有這些人能夠眞正選擇一個最好的世界。我們平常很少看到和聽到這樣的奇人。但我相信這樣的奇人並不少，只是他們太聰明了，也許早已選擇了不同的世界，空剩一具軀殼在這個世界上活動。五子棋神童還留在這裡，是因爲他年紀還小，不懂得眺望未來，一心只想下五子棋。憑他的異稟，他當然盤盤都贏。等到他長大了，能想得更遠，也許……」

程凌接下去說：

「也許就不在這裡了。這豈非違背來布尼茲的哲學？我們的世界應該是最好的世界。」

「你還是沒有搞懂。來布尼茲僅說，從邏輯上推論，我們的世界對大多數人而言是最好的世界，別的肥皂泡更容易撞破。但是有少數人總會有不同的看法。」

程凌將煙蒂用力扔到陽臺外面。他想起小時候，常反覆做同一個夢。他夢到天開了，有大異象，並且有聲音說：一切都明白了！每次他都驚醒，逃到大人床上，那時程凌每星期日跟隨母親上教堂，母親讓他坐在最後一排。人們唱詩和牧師講道時，程凌便專心讀聖經。程凌仍清晰記得教堂的風琴聲，窗戶布幔的霉味，牧師講壇前的鮮花。是這樣無數個風琴聲裡的星期日，程凌一點一滴讀完舊約的故事：出埃及記、利未記，以斯帖記……他津津有味的讀著，一大堆陌生而古老的名字，充斥在他腦袋裡。他讀不下詩篇，卻和大衛王一樣，深深敬畏耶和華的全能。他戰慄著唸：

「我是阿拉法，我是俄梅嘎，我是今在的、昔在的、永在的。」

很久以後，程凌才知道阿拉法是希臘文的第一個字母，俄梅嘎是希臘文最後一個字母。當時這兩個名字對他全無意義。但程凌很喜歡這兩個名字，覺得有一種震懾的力量。他家那時住新店。父親的工作單位也在新店。他們的宿舍十家人才有一幢公共廁所帶澡房。晚上程凌不敢一個人去廁所，總要大人陪著。有時母親不願意陪他去，便坐在門前。程凌一路呼喊母親，一路往廁所跑。萬一母親沒有回應，他便會哭著跑回來。後來他膽子漸壯，能帶弟弟一齊上廁所。走到廁所旁黑漆漆的空地，程凌就莊嚴的大聲唸：我是阿拉法！我是俄梅嘎！弟弟也隨著他唸。弟弟唸不好，只會說，我是嘎！我是嘎！兩人牽著手進廁所。程凌常偷偷先跑，弟弟跟不上，摔倒在地上嚎啕大哭，回家程凌就挨一頓好打。

程凌對宗教的認識，從舊約開始。等他讀到啓示錄的時候，乃達到一個高峰。就在那時程凌開始做夢看到天開，有大異象，他終於明白宇宙人生的奧祕。但程凌始終沒有看清天開後裂縫所顯現的異象。每次他都拚命掙扎著醒來，逃往大人床上。程凌後來回想，十分引以爲憾。父親調差離開新店，他們搬到楊梅。程凌不再跟隨母親去教堂，也漸漸少做天開的夢。但程凌到高中，對宗教又有一陣新的狂熱。這次的狂熱發生得非常突然，已經開始偷偷讀威爾杜蘭西洋哲學史話的程凌，在完全沒有心理防範的情況下，被一位來楊梅主持佈道大會的牧師感動了，滿臉是淚的走到講壇前跪下，向人們承認自己是罪人。有一位同學當場目擊，這件事立刻在學校裡傳開來，程凌足足有三個月不敢抬頭走路，引爲畢生奇恥大辱。一直到讀胡適日記，知道胡適有一次居然也流著眼淚被主感召，他方才釋然了。

年紀漸長，程凌自我分析的能力增強，以爲自己屬於情感奔放型，便時時努力克制。他又從情感奔放立論，認定自己有藝術細胞。高中畢業，程凌不顧父母反對，考進藝術系。磨了四年，程凌逐漸明白自己是塊甚麼料子，但他仍猛衝了一陣，開過畫展，寫文章罵過「五月」，和高悅白合搞過畫廊，前衛過，也復古過，在畫界闖出不大不小的萬兒，他自譴自責的情緒卻逐日增長。他沒有辦法妥當安置自己。事情非常明顯。即使再多發幾次宗教式的狂熱，割掉兩隻耳朵，他也畫不出令自己滿意的作品。程凌終於決心改行。和三輪車伕不同，並沒有人逼他轉業。但一個涼爽秋天的晚上他居然想通了，將畫具統統扔掉，第二天一早，出去印了一盒總經理頭銜的名片，自己也沒想到竟那麼簡單。

畫具當然又慢慢買回來。程凌還能夠畫，也依然想畫。那份衝動，那種狂喜，仍一次又一次的征服他。但程凌辛苦築成一道心理防線。他不再自譴自責。他發現只要有一次肯承認自己是二流角色，以後就非常容易了。何況他有了所謂正當職業。沒有人會要求甚麼。自己也不必要求甚麼。程凌仍在畫，但努力勸自己不必當眞，不要跟自己過不去。他終於培養出業餘藝術家的健全心態。

程凌想到五子棋神童的怪異行徑，覺得自己可以理解孩子的心情。神童不願意朝未來看，只希望安安靜靜的下五子棋。如果神童洞悉未來，歷史的重擔會壓得他透不過氣來。一切都明白之後，就必須對歷史負責。你確實知道你要做的事，你就不能再逃避，再沒有藉口搪塞。你必須努力使未來的歷史發展成爲事實。程凌明白這份重擔不是孩子扛得起的。孩子也許並沒有想到這些。自保的本能，告訴他應該關上窗子。他只允許自己贏幾盤五子棋，不會傷害任何人，也不會傷害他自己。孩子只要求平平安安活下去。

弟弟說對了一半。五子棋神童還不懂得眺望未來。但他最好不要眺望未來。還是下五子棋好，程凌想。沒有人會傷害只會下五子棋的神童。他有些後悔自己多事，逼神童下象棋。要神童預測未來，更不應該。程凌暗自發誓，再不逼迫五子棋神童做這些傻事。他絕不能毀掉五子棋神童。

程凌記起神童世界的節目，趕緊下樓扭開電視。神童世界剛開始，丁玉梅正在介紹鋼琴神童。銀幕上的丁玉梅，程凌總覺得沒有本人好看。一忽兒鋼琴神童琤琤琮琮彈出蕭邦的曲子，程淩知道是配音。神童仰首頓足，頗有大家風度。程淩想可惜是假的。又想其實誰也分辨不出眞假。如果大家都無法分辨眞假，眞的和假的又有甚麼區別？一曲奏完，丁玉梅竟出現在牙膏廣告裡。程淩不知道丁玉梅也拍廣告片，他懊喪的看丁玉梅和一支大牙膏跳快三步。牙膏王子眞英俊，人人愛用笑哈哈，哈！哈！丁玉梅和大牙膏滿臉笑容，領著一群孩子跑跳而逝。銀幕一閃，回到神童世界。鋼琴神童開始演奏第二首曲子，弟弟走到電視機旁。

「這節目亂沒意思。」

「不要換。」

「啊，我忘了你要看丁玉梅，對不起。」

丁玉梅和大牙膏又跳了一支三步曲。鋼琴神童演奏完第三首指定曲，評審員成績隨即公佈，九十九、一百、一百、一百、九十九。全體一致審查合格，她是神童。大家熱烈鼓掌。丁玉梅回到臺上，拉著鋼琴神童的小手說：

「各位觀衆，今天神童世界的節目全部播放完了，謝謝各位收看。下星期神童世界時間裡，我們將邀請全國聞名的前象棋棋王劉樂貽教授，和一位特別有象棋天才的小朋友下三盤指導棋。這是我們第一次發掘到象棋神童。歡迎各位觀衆按時收看。再會。」

「象棋神童！」弟弟搖頭。「居然已經開始大力宣傳。如果五子棋神童下輸怎麼辦？我不喜歡他們這種宣傳手腕。」

「五子棋神童不能輸。」程凌說。「輸了他就當不上棋王。我們一定要使他贏。」

「誰是棋王？」弟弟問。「還不是幫忙電視公司搞噱頭。五子棋神童不應該出山的。」

「你該勸他到另一個肥皀泡去。」

「甚麼？哦。」弟弟笑了。「對。應該去另一個肥皀泡。我想一定有一個世界，裡頭的男女老幼都喜歡下五子棋，沒有政治家，也沒有兵士，誰五子棋下得好，誰就做國王。你相信不相信？」

「我相信。」程凌說。

10

星期六。證券市場還是他們買進的股票一枝獨秀。開盤沒多久，又漲停板。周培樂得合不攏嘴。他從宋經理處打聽到內幕消息，某財團打算收進某某股票，事機不密，股票立刻上揚。程凌將信將疑：

「為甚麼選擇這時候收進？有甚麼目的沒有？」

「顯然另有文章。」周培說，「大約是爭奪股權。你一定聽說過某某公司的故事。那時候股市正熱，幾個股東偷偷搞股票，滿心以為能放能收。沒想到螳螂捕蟬，黃雀在後，有人暗中算計他們。等到股東警覺事情不妙，要收已經收不回來了。股東大會一召開，控制權操在人家手裡，一句話沒有，乖乖認栽。這有個名堂，叫做十面埋伏擒蛟龍。」

「這次又是同樣故事？」

「也不一定。我自己瞎猜。」周培興致很高，程凌好久沒看他這麼愉快過。「反正我們等漲得差不多就拋，絕不當出水王八，死咬住不肯放手。做股票貴在能夠當機立斷，太死心眼就懸了。程胖，你的那位預言大師朋友有兩下子。再請他提供一點情報如何？」

「不行。」程凌說，「我們撈完這一票就洗手。有幾十萬資本，我們的公司已經可以維持一兩年。」

周培瞇著眼，一隻手搭上程凌肩膀。

「程胖，又打退堂鼓？有幾十萬資金，我們正該乘勝追擊，好好幹幾票。有你那位預言大師朋友提供情報，配合我的戰略運用，一定百戰百勝。你可不能退縮。」

「不行。小董和我都決定不搞。你上次也同意暫時不搞。現在賺了一筆，我們見好就收。有了資本，我們廣告公司也可以大展鴻圖，不必再做股票。」

周培攤開手，做個乞求的姿勢。程凌不理他。周培轉向小董，小董也搖頭。周培聳聳肩：

「好吧。兩票對一票，我只有少數服從多數。程胖，你們不搞，我自己幹，和廣告公司無關，你總不反對？」

「當然。」

「只有一樁事。你那位預言大師朋友……我想直接和他聯絡，參考一下他的意見，如何？」

程凌沉吟不語。周培臉上出現陰影。

「程胖，我們多年老朋友了，你還跟我斤斤計較？你不願意用公司名義去搞股票，我同意。既然你不搞，我和你那位朋友直接聯絡，也不礙你的事，何必這麼小氣！」

「我不是小氣。我那位朋友並不喜歡預測股票，上次已經十分勉強。我不願讓他爲難。」

「他到底爲難不爲難，我和他談談就知道。如果他一定不肯，我絕不多問一句。你讓我直接跟他談談，有甚麼關係？大不了我賺錢分他一半。」

程凌十分窘迫。周培滿懷怒氣瞪著他。如果他不告訴周培，似乎顯得不夠義氣。可是他實在不能透露五子棋神童的祕密，他不能毀掉神童。他不應該逼使神童做他不想做的事。程凌頗感後悔。

「周培，不是我不肯告訴你，這樣做對我那位朋友不好。我不能毀了他。」

「我操，跟我打太極拳。」周培氣得臉發綠，「程胖，我一向尊重你，把你看成好朋友，任何事情絕不隱瞞。上次你要見老宋，我說了個不字沒有？後來是他黃牛，我對你絕對仁至義盡。今天找你的朋友幫幫小忙，你就這樣小氣，眞夠意思！我他媽算有眼無珠。」

「周培。」小董在一旁勸解，「程胖絕對不是故意瞞你，他一定有他的苦衷。自己人，不要這樣。」

「你也知道那個預言大師是誰？」

小董一怔，說：

「我……我不知道。」

這下猶如火上添油，周培更氣。

「好小子，串通了就瞞我一個人。還說甚麼三位一體。有了財路，立刻把老朋友一腳踢開，我操！」

程凌料想瞞不過，只得將事情原委告訴周培。他一再強調五子棋神童身體孱弱，只喜歡下五子棋，別的事情都沒有興趣。這次肯預測股票行情，已經非常破例。他們既然靠神童賺了一筆，不好再去麻煩神童。小董也勸周培不要找五子棋神童。周培怒火漸消，答應不去，想想又忍不住說：

「我們不動神童，別人要動，豈不平白喫虧？程胖，既然是你發現神童的異能，肥水不落外人田，我們保護他不錯，偶爾請教他幾個問題，大家發財，有何不可？」

「我們已經靠他賺了一筆。」小董說，「何必太不知足呢？」

周培說他並不貪婪。這年頭人心難測。他們做好人，別人不一定佩服，反而會倒打一耙。而且，神童一樣可以發財。大家發財，皆大歡喜。小董和他講了半天，仍舊有理說不清。程凌看三人意見相差太遠，多說無益，只有要求周培和小董絕對不要洩露祕密，其他的事情慢慢商量。對這一點，周培不但沒有異議，反倒責備程凌嘴快，不能保密。程凌懶得跟周培再吵，推說自己要送設計好的片頭到電視大樓。小董願意陪他去。兩人跨過馬路到公車站等車。

雖是仲夏，早上難得起了風，天色清爽，淡淡綴幾絲雲卷，顯得藍天格外高遠。程凌深吸幾口氣。路旁幾位野孩子在一座小小的土地廟前玩彈珠。程凌從來沒有注意這裡有土地廟。紅磚砌的小廟只有一尺高，兩尺寬。土地神擠在不能再小的小廟裡，背後是汽車公司。居然有一束香插在廟前小香爐裡，一縷青煙裊裊上昇。程凌感到心胸舒暢，不知怎的竟十分感動。

張士嘉在導播室，熱烈招呼程凌和小董坐下。程凌交給他片頭設計的紙袋，張士嘉抽出來略微瀏覽，連聲說：

「好極，好極。老兄大手筆，我們以後還要多多請教。」他將牛皮紙袋擺在一旁。「你看了昨晚的神童世界節目沒有？我請丁玉梅提一下棋王和神童賽棋的事。今天我們準備發消息給各報。我這兩天想找五子棋神童來現場排練，派人去找，始終找不到，他家人說有一位程先生每天帶他出去。是你吧？」

「是我弟弟。神童每天在我家跟我弟弟練棋。」

「原來如此。這次實在麻煩你費心。他棋藝如何？」

「進步神速。」程凌說，「再練兩天，打敗劉教授不成問題。劉教授已經正式接受神童的挑戰？」

張士嘉低聲道：

「他那麼好面子，消息一旦傳出去了，想不答應也難。我這套趕鴨上架的手法，沒有幾個人招架得住。」

「你拿劉教授祭旗，他心裡一定不痛快。我們非得罪他不可。」

「我只用他一次，以後又無求於他。一個河東一個河西，一百年再碰不到一處。」

程凌左右張望，忍不住問張士嘉：

「丁玉梅呢？」

「今天沒來。大概出去玩。劉教授盯她盯得很緊。那小子不知道是否吃錯藥，性急得很。丁玉梅有點吃他不消。」

程凌心裡不是滋味，看小董坐得無聊，便向張士嘉告辭。張士嘉今天很客氣，送他們出來。

「程胖，我讓神童跟你再泡兩天，下星期二，一定要請他來電視公司排練。還有，他不是會下甚麼一子棋，也想請他表演表演。我們以象棋挑戰賽爲主，再穿插別的表演，就更加精采。」

程凌不動聲色的說：

「先練好象棋再說。一子棋就是猜拳，沒多大意思。」

「他可以每次猜拳都贏？這也很有意思。」

「不一定能贏。」程凌趕快解釋。「多半靠運氣。猜拳當然靠運氣，沒有甚麼。」

「那就算了。」張士嘉說，「我會關照會計室送去設計費。你開來賬單沒有？在哪裡？」

「都在牛皮紙袋裡。請你找一下。」

程凌和小董走出電視大樓。程凌心神恍惚，一腳高一腳低，茫茫然朝前走，不是小董一把拉住他，差一點就撞上摩托車。

「小心！你還在想神童的事？放心，周培和我都不會講出去。」

程凌忙說沒有。兩人隨便找家小店吃客飯。程凌喝一口飄油跡的茶，毫無茶味。辣子鷄丁一盤，青辣椒裡藏了幾小塊鷄肉。麻婆豆腐略澆了肉末。地上擺一罐黃綠色葉子的菜湯。白飯倒無限制供應。程凌狼吞虎嚥扒下五碗飯，小董看著他笑：

「你叫客飯眞不吃虧。」

「肉價沒漲前，我吃蒙古烤肉最不吃虧。那幾家店都被我吃怕了，不敢不漲價。」

吃完，老闆娘過來算賬，四十塊。程凌說：

「明明十五元一客，怎麼四十塊！」

「對不起呀，我們昨天加價，牆上貼的價錢，來不及全部改。你看那邊的價錢已經改了，我不會騙你呀。」

程凌抬頭看對面牆上招紙，果然不錯，和小董各掏出二十元扔到桌上。老闆娘隨手拿抹布拭淨桌面，幾顆飯粒掉進地上的湯桶。小董直皺眉。程凌唸不乾不淨，吃了沒病，兩人慌忙跑出小店。程凌問小董去哪裡，小董說沒事。程凌和黃端淑、高悅白、馮爲民四點有約，時間還早，提議去敲兩桿。小董沒有意見。這一帶程凌最熟。三轉兩轉，找到一家撞球店，裡頭擠滿了人。程凌和小董看一會，覺得沒甚麼道理。沿巷子走下去，沒多遠又有一家，同樣地段，卻門可羅雀。程凌和小董進去打了兩盤，有人過來挑戰，要求下彩。程凌知道小董一向喜愛此道，就讓他上，自己觀戰。小董球很穩，絕少失誤，看似平凡，多少郎中栽在他手裡。他們打了三盤，彩頭從一百元加到三百元。小董一路痛宰對方，贏得太輕鬆，程凌看出對方有意放水。第四盤，果然那人孤注一擲，彩頭加到兩千元。合上剛才贏得六百元，程凌、小董全部財產湊起來不過一千多一點，兩隻手錶都脫下來賭，請計分小姐做公證人。那人一起桿就球藝大進，程凌不禁替小董捏一把冷汗。紅球打完，小董仍居下風。程凌以爲小董陰溝裡翻船，小董卻突然大顯神威，連吃帶做，一顆星的絕招都使出來。對方目瞪口呆，眼巴巴看小董清掉檯子。小董還想再幹，對方也不肯罷休，程凌硬要小董走路。兩個人站在門口有攔阻之意。幸虧程凌個子大，保著小董衝出來。出了巷子，小董吐口口水：

「這種技術就想吃爛飯，只靠胳膊粗。人家輸了心裡不服氣，當然不肯上門。」

程凌也不禁啞然失笑。他看時間差不多，在大街口和小董分手。下午，風停了，熱空氣一堵牆似擋在行人面前，倒比中午更悶熱。高悅白的畫室在附近一爿商店的閣樓。馮爲民從前也租過這裡，自稱屋頂間的哲學家，十分得意。馮爲民去當兵，就把房間讓給高悅白住。後來高悅白繼承到叔父遺產，在士林買了公寓，本想放棄這閣樓。程凌貪圖閣樓地段好，說服高悅白，兩人合租下來，想搞個袖珍畫廊。高悅白那時的女友小林花了很大力氣幫忙清理佈置。高悅白和小林吹了，畫廊無疾而終。程凌做生意後，租金由高悅白一人負擔，好在不太貴，高悅白仍留著當畫室，雖然他可以在家裡畫。程凌猜高悅白還有些戀舊的意思，小林的佈置一直保留未動。這事黃端淑當然知道，睹物思人，難怪她始終不信任高悅白。小林那時已經號稱高悅白的「不婚妻」，一下吹掉，黃端淑就不肯再上當。程凌想女孩子儘管滿嘴新思想，到了緊要關頭，拿出舊道德，絕不妨事。黃端淑畢竟有主見。小林就吃虧在心口如一。高悅白的不婚妻，豈是容易做的？

閣樓裡極熱，高悅白卻披大紅睡袍，載一頂綠色毛線帽，活像一顆大蕃茄。程凌永遠西裝筆挺，常怕被領帶勒死，也沒有女士垂青。高悅白這副名士打扮，女孩子仍趨之若鶩，可見高悅白有他的男性魅力。程凌瞧著高悅白兩條飛毛腿，心想男人的確不容易領略同性的好處。高悅白扔給他一疊圖片。

「給你看一些妙圖。」

「乖乖，你哪裡搞來這種貨色。」

「仔細看。有日本、香港、丹麥、美國各種來源。看久了就知道不一樣，各有千秋。」

「你想畫這個？」

「先看此次成績如何。」高悅白指著牆角一堆畫。「題目都想好了。一百零一種腿。每種腿都花了我一番心血。」

程凌仔細端詳最上面一張畫，說：

「連毛孔都要畫，眞累。搞你不過，乾脆拿照片放大算了。」

「從前我也這麼想，畫久了就知道此中有眞意。」高悅白拿起程凌手中的圖片往空中一扔，雪花般一葉葉飄散。「這是世界上最美好的東西，你可以爲這個獻身。上帝的傑作，絕不能改動一點，只能將它一筆筆恭敬的繪出。我們要畫最眞實的東西。甚麼東西比這更眞實？」

程凌掏出煙，高悅白搖頭不要。程凌說：

「我也想好一個題目。財子畫。畫每個人都喜歡的東西。鈔票。各種各樣的鈔票。鈔票可以買你要畫的那玩意兒，要多少有多少。所以鈔票更眞實。」

「錯了，性最眞實。性就是生命。」

「錢最眞實。錢就是自由。」

外面有人哈哈一笑。

「都錯了。愛情最眞實。生命誠可貴，自由價更高，若爲愛情故，兩者皆可抛。」

馮爲民走進來，撿起地上一張圖片。

「高悅白，小心被警察當春牛逮走。黃端淑隨時會到，還不趕快收起來。」

三個人忙著撿。程凌找到幾張舊報紙。

「高悅白，不要遮住你的一百零一種腿？」

「她知道，」高悅白說。「不過……還是蓋上好了。」

高悅白換掉睡袍，藏起毛線帽，看上去比較像樣。圖片藏好，兩百零二條腿躺到舊報紙下，一切安排妥當，又等了半小時，三個人差點沒熱死，黃端淑才姍姍而來。

程凌有些不高興，高悅白卻一點脾氣沒有，問黃端淑去統一喫牛排如何，黃端淑沒興趣。商量半天，還是決定到永和老地方喫海味。程凌和馮爲民擠進高悅白的烏龜車後座。馮爲民笑道：

「老哥，今晚又要委屈你的五臟廟了。」

「沒甚麼，我也愛喫海味。」

「聽說你股票又賺了一筆？」

「你聽誰說的？」程凌小喫一驚，心想臺北耳報神眞多。「怎麼消息傳得這麼快！」

「那麼是眞的了。」馮爲民說，「昨天股票市場異軍突起，謠言說一家廣告公司領先買進，我猜一定是你們。老哥最近時來運轉啊。」

「沒賺多少，我們動作還是太慢。」程凌猶有些後悔。「本錢不夠，還是要大財團才有辦法大賺。」

「老哥，最近能夠在股票裡撈錢的，都是祖上積德，你們夠運氣。」

黃端淑岔開馮爲民的話，問程凌有沒有去看幾個新人的畫展。程凌說沒有。高悅白看過，和黃端淑談了一路，程凌懶得插嘴。馮爲民不知道在想甚麼，一聲不響。喫飯時馮爲民和程凌談股票，黃端淑和高悅白談畫展，始終講不到一處。其實程凌可以談別的，可是他不知怎的，覺得黃端淑和高悅白有點裝腔作勢，心裡不高興。以前他並沒有這種感覺。他仔細分析，斷定是妒嫉心作祟，突然想打電話給丁玉梅，再也坐不住，編句話跑出來到櫃枱打電話。丁玉梅母親接的。丁玉梅當然不在。程凌心一沉，暗罵自己無用，咬牙將姓名留下。電話號碼不用記了，她知道。掛上電話，想想，又撥回家。弟弟還沒走，嘴裡嚼著東西說：

「要不要跟我去舞會混混？女多男少，主辦人急死了。」

程凌說不用，問弟弟五子棋神童第三盤棋預測得如何。弟弟說一切沒問題，神童早已回家。程凌回到小房間，馮爲民正和高悅白搶著會鈔，高悅白贏得最後勝利。走出餐館，馮爲民抓住程凌去隔壁店鋪買東西。高悅白和黃端淑站在餐館門前談了許久，黃端淑居然招來一輛計程車，高悅白未加攔阻。程凌和馮爲民從店裡看見，馮爲民詫異道：

「煮熟的鴨子會飛，怪事！老哥，我們白忙一場。」

「早叫你少管閒事，你不聽。」

「回去問高悅白怎麼搞的。」

高悅白似乎沒有心情說話，只說請他們回家喝酒。他們回到士林高悅白的公寓，從九點喝到一點，高悅白第一個支持不住，躺到地上。馮爲民大罵高悅白沒用。馮爲民老習慣，喝醉酒就要罵人，揪著高悅白衣領說：

「我一直佩服你是個人才，想不到你越來越不長進。只會畫這種東西！第一次你給我看畫片，我覺得夠刺激，世界上沒有比這更好的東西。看了一星期，看了一個月，我就明白，不成，還有別的甚麼。我不能永遠要這個。世界上一定還有別的東西更值得畫！」

高悅白醉得不省人事，馮爲民放開他。

「我自己沒有甚麼，學了這一行，再沒有搞頭。可是我對朋友們抱著信心，看得比我自己更要緊。你畫這種東西，做甚麼呢？做甚麼呢？」

程凌說：

「他醉了。你再說，他也聽不到。」

馮爲民搖搖擺擺的起來，想去拿酒，卻栽進沙發，他索性躺下來。

「昨天我去看方先生。他們要方先生退休，昨天早上最後一次公開講演。下午我去他家見他。我問方先生，退休以後做甚麼？方先生說寫書，重寫先秦思想史。六十幾歲的人了，他計畫寫書！出來我就想，我活到六十歲，恐怕已完全垮掉，不要說寫書，看書都沒勁。我現在已經不能每天看書，雜事太多，你知道。回家已經精疲力竭，滿腦子生意經，靜不下心來……寫文章更不成，一枝筆有千斤重……他們老一輩的讀書人，你罵他們抱殘守缺，食古不化，也許不錯，可是他們硬是守得住。換了我，我就守不住。你守得住嗎？」

程凌說：

「時代變了。我敢說，方先生一輩子沒有爲錢操過心。他不會賺錢，也不想賺錢。老一輩都是這樣，價值觀念不同。我們非要賺錢不可。」

馮爲民閉上眼，嘆口氣：

「寓形宇內復幾時，曷不委心任去留，胡爲惶惶欲何之？你和高悅白一樣差勁。作品要寫實，爲甚麼不學學羅特列克？畫妓女，畫酒吧女，都還有點道理。畫這種東西，丟臉！」

「外國人喜歡。」

「我告訴你，外國人喜歡的理由很簡單。只要是手工做的東西，人工花得越多，他們就越喜歡，機器成品反而不值錢。他們買這種畫，還不是看在工細份上，哪裡管甚麼藝術價值！你畫這個，不如去織大甲草蓆。」

程凌俯首無語，半晌掙扎出一句：

「你提到羅特列克，他父親是貴族，自己又是殘廢，心理不正常。社會良心有甚麼用？餵狗喫算了。」

馮爲民以手指天說：

「我們必須對歷史負責。歷史潮流會決定我們存在的價值。」

「去你的歷史潮流。我不管甚麼歷史潮流，我要自由。我只要賺錢，錢就是自由。」

馮爲民從沙發上坐起來。

「你的確相信錢就是自由？」

「我相信甚麼，有甚麼關係？誰在乎我相信甚麼？」程凌指著躺在地上，發出鼾聲的高悅白，「你不要問我，你問他。我已經放棄了。我承認我是二流角色。聽到沒有？我承認我是二流人物。夠了吧？」

馮爲民突然笑了。

「他媽的，你是二流，我算老幾？老哥，少發牢騷。歷史潮流會決定我們存在的價值。」

「不用靠歷史來決定，眼前就有人能預測你我的未來。」

程凌告訴馮爲民五子棋神童的故事。馮爲民聽到一半，酒性發作，跑進盥洗室大吐，出來人倒淸楚不少。高悅白仍沉醉不醒。程凌和馮爲民合力將高悅白抬上床。高悅白臥室牆上仍釘著幾對美腿，被馮爲民扯掉。他們叫了計程車回臺北。車過松江路，一陣白霧迎面襲來。程凌趕緊叫司機停車。他走進霧裡，馮爲民在後面喚他。程凌走到路燈下，馮爲民踉踉蹌蹌從霧中出現。程凌可以感覺頸項涼涼的，摸上去卻並不濕。他想起白天看見的小廟。臺北畢竟還有幾椿可愛的事物，如這霧，如那小小的土地廟。程凌多麼希望丁玉梅在這裡。也許她會嘆息說，好可愛唷！於是一切都十全十美。程凌繼續朝前走，馮爲民嘴裡不淸不楚講他另一個大理論。走進一條小巷，馮爲民沒有跟上來。程凌並不停下來等他。走過巷子，霧竟完全散了。程凌找到麵攤，叫碗牛肉湯麵，一碟豆腐干。麵攤桌上堆滿髒碗。程凌推開髒碗，自顧自埋頭大嚼。一輛計程車在他背後停住，麵攤老闆擺手說沒有麵，車子呼一下開走，在巷口轉彎時吱的用力剎車。程凌一口氣喝下麵湯，付了錢，走了百來步，熱氣攻心，忙解開襯衫。他轉進一條小巷，前面黑黝黝的，毫無響動。程凌大聲說：

「哪裡有虎？人自怕了，不敢上山。」

他闖進巷子，果然有一頭貓縱上牆頭，對程凌妙妙的叫。程凌哈哈大笑，放開腳步，三轉兩轉，就回到他住的公寓。

11

整個星期天早晨，程凌都在作畫。丁玉梅不曾回電話，一定跟劉教授去了野柳。程凌十分後悔打電話到她家。好在自己沒做甚麼蠢事。弟弟說得對，犯不著死纏，索性純粹朋友到底，栽了也不丟人。程凌努力不去想丁玉梅。他想畫昨晚的霧，馮為民醉倒在電燈桿下。學羅特列克也好，本是俗人，何必故弄玄虛。他專心一意畫畫，畫布上白霧四合，心情漸漸十分平靜，將醉漢塗抹成一片淡影。醉本來無形無狀，沒有世界，更沒有了我。程凌畫得高興，連弟弟溜進來也沒注意，弟弟說話方才嚇他一跳。

「又畫甚麼！要不要喫中飯？」

「你們先吃。媽沒出去？」

「已經去過教堂回來了。今天很勤快啊，一早就畫。」弟弟看了一陣。「是不是畫臺北夜景？我幫你伴奏。藍——色——的——街——燈，明滅在街頭……」

「少囉嗦，出去出去。」

弟弟一會又探頭進來。程凌正要發作，弟弟說：

「別叫。你的電話。」

周培今天嗓門特別大，程凌把聽筒移開一尺，還聽得到周培在吼：

「程胖，我昨天晚上一下靈感來了。不得了，好大的生意！程胖，這下我們發財發定了。」

「周培，我已經說過，我們不再炒股票。」

「誰提到炒股票？炒股票你不喜歡，我們立刻罷手。還有別的正經生意。開補習班，你總不該反對。」

「開補習班？甚麼補習班？」

「當然是大專聯考補習班。規規矩矩生意，造福青年，爲人師表，淸高得一塌糊塗。我們搞補習班，一切照章行事，絕不賣野人頭。別的補習班怎麼搞，我們也怎麼搞。別的補習班考前猜題，我們也考前猜題。可是別家考前猜題是噱頭，我們考前猜題，包管百發百中。收費我們不妨訂高些，保證考進理想院校。只要我們能夠預測聯考試題，還怕沒有人上門？我們發財定了，我操！」

「誰來預測聯考試題？」

「當然是五子棋神童，你不要裝糊塗。預測聯考試題絕不犯法。他預測出了試題，我們再編造些別的試題，編成一本。人家只以爲我們猜得相當準，誰也不知道我們靠神童吃飯。我們也不必多收學生。五百名。只收五百名。每人學費兩萬，就是一千萬，準賺！我的天，我想想都睡不著覺。」

「我們已經說好，不動五子棋神童的腦筋。你不要往歪處想。」

「程凌，何必假正經？有錢不賺，我們怎麼對得起自己？我立刻來和你商量大計，你不要出去。」

程凌放下電話，弟弟氣得摔筷子。

「你要我不告訴別人，自己卻跟別人亂講，眞差勁。」

「對不起，我不是故意的。」

「不是故意的？哪一個說，我們要保護五子棋神童，不受別人利用？你怕他受人利用，卻帶個大喇叭，到處廣播，惟恐人不知道。還說不是故意的！」

母親看他們吵起來，很不高興，叫兩人上桌喫飯，不許再講。程凌剛端起飯碗，電話鈴又響。弟弟白眼瞪他。這次是馮爲民打來。

「老哥，想請教你一件事，看看我昨晚是喝醉了聽錯，還是眞有此事。我好像聽你說有一個甚麼五子棋神童，能夠預測未來。你說過這話沒有？」

「不錯。不過我祇是隨便說說你不要再跟別人提起。」

「老哥，我們這麼多年交情，你可以信得過我。這位五子棋神童人在哪裡？在臺北？」

「人在臺北。但是他並不希望人知道。」

「我曉得。」停了一下，馮爲民說。「我想請教他幾個問題。這樣好了，我先過來和你談談，你覺得合適，我們再一起去拜訪他。」

程凌掛斷電話，知道弟弟一定不滿，先發制人說：

「都是我不對，你不要再罵。」

「誰罵你。」弟弟說。「我只是覺得你跟童話裡的母鷄一樣，見人就趕快講一個祕密，再請別人保密。於是大家都很保密的傳播祕密。你眞和鷄一樣沒有大腦。」

「程凓，不可以這樣跟你哥哥講話！」母親說，「你們倆今天怎麼了，吵吵鬧鬧。那個小孩子是神童，也犯不著大驚小怪。我看他可憐死了，又瘦又小，胳膊還沒有竹竿粗。你們逼他下象棋，上電視，眞是害了他。」

「都是哥哥的主意。五子棋神童本來好好的，哥哥偏要他和劉教授比賽象棋。」

「眞不應該。程凌，我看你財迷心竅，一天到晚胡思亂想。我並沒有指望你拚命賺錢。爸爸在，也不會要你拚命賺錢，你不要盡往錢上頭想。人爲財死，鳥爲食亡。我們家蒙主恩賜，衣食不缺，只要你們兄弟爭氣，爸爸和我就心滿意足。你愛畫畫就畫畫，愛開廣告公司就開廣告公司，我都依你，只求你規矩做人。你把人家好好一個小孩子弄上電視，又能落多少好處？下次不要做這種事。」

程凌低下頭，不敢說話。母親又說：

「你們都大了，我管不動你們，自己要學好。現在也不肯上教堂。年輕人有年輕人的想法，我不逼你們去。不去教堂沒關係，總要記得主的恩典，讓耶穌活在自己心裡。中國人講心存善念，做壞事一定有壞報。程凌，你眞應該去教堂懺悔懺悔了。」

「我又沒做壞事，怎麼搞的。」程凌唉聲嘆氣。電話鈴又響。程凌想今天眞的有鬼，沒好氣抓起聽筒。

「程胖？我是士嘉。你在鬧情緒？聲音好像不對勁。沒甚麼事吧？喂喂，我告訴你，那位五子棋神童不得了呀。今早我去他家看他，跟他下好些盤一子棋。你也跟他下過，是不是每次猜拳他都贏？不得了呀。這小鬼不是亂蓋，眞有道理，我服了他，完全服了他。程胖，被你說中，我們發掘到貨眞價實的神童了！他家裡人還糊里糊塗。小鬼父親不喜歡他下棋，小鬼很怕他父親，甚麼都不敢跟家裡講。我們挖到金礦了。你老兄是我的諸葛亮，出點主意吧？我現在在外頭打電話，講話不太方便，我們甚麼地方碰頭談談？到你家也可以。好吧？我馬上就來。」

程凌暗想，張士嘉果然不是笨蛋，瞞住他是不可能的。周培、馮爲民、張士嘉都要來，他怎麼應付？程凌腦中一團混亂。他幫忙母親收拾好碗筷。母親去午睡。程凌硬起頭皮向弟弟解釋一切，弟弟毫不同情。

「你闖的禍，你收拾。」

「不能怪我。這種事本來也瞞不住，五子棋神童遲早要現世。沒有我們，他一樣會被別人發掘出來。誰叫他一定要下甚麼五子棋。」

「現在怎麼辦？大家利用神童發財？」

「如果神童自己願意，誰都不反對發財。如果他不肯預測未來，只要我們這幾個人保證不講出去，神童不再下一子棋，他也可以不被人利用，關鍵全在他自己。」

「可是這幾個人能保密嗎？」

程凌並沒有把握。周培第一個到，隨後是張士嘉，馮爲民動作最慢。程凌請衆人到陽臺上，站在太陽底下談。下午雖然天氣極熱，衆人毫無不耐煩的態度。程凌把事情一五一十說了一遍，五子棋神童如何猜拳贏一子棋，如何預測火災，如何猜對隨機數，如何猜出股票的行情。衆人聚精會神聽著，偶爾互相打量一眼。末了程凌說五子棋神童既然有這種奇能，他們應該盡可能保護神童，不能讓人們毀了他。如果神童不願意預測未來，他們也不應該勉強他，由他自己決定。程凌說完，張士嘉說：

「神童的事情，現在還只有我們幾個人曉得，星期五上了電視以後，就不同了。爲了神童的未來著想，我們的確應該想法子保護他。可是星期五的神童世界節目，不能取消，怎麼辦？」

周培說：

「張兄，我和你初次見面，和馮兄也是初次見面。不過大家都是程胖好朋友，都是自己人，所以我索性痛快說話。程胖說應該保護神童，我百分之兩百贊成。除了保護神童，坦白說，我們爲了自己利益，也必須守口如瓶。我剛才電話裡還和程胖講，神童如果預測聯考試題，大家都可發財，包括神童本人在內。這類的財路太多了！如果神童不肯，我們當然算了。如果他肯，我們更要守住這位財神。所以我們無論如何必須保密，大家同意嗎？」

衆人都點頭。周培又說：

「既然大家都同意，我們就這麼辦。張兄，馮兄，程胖兄弟，我——對了，還有小董——連神童本人一共七人，我們七人一條心。大家各自想財路，互相研究討論。只要神童肯幹的事，我們賺到錢，七份均分。他不願做的事，我們絕不勉強。這個辦法，大家以為怎麼樣？」

衆人又都點頭。周培說：

「至於星期五的神童世界節目，最好能取消，如果實在不能取消，張兄是不是想個辦法，不要洩露神童眞本領，應付過去。」

張士嘉還未回答，程凌插嘴說：

「應該可以。士嘉如果不要神童下一子棋，只讓他和劉教授比賽象棋，觀衆了不起覺得神童是象棋天才，不會想到別的。」

張士嘉連連點頭。

「沒問題，我就取消一子棋的節目。程胖，這一來，神童的象棋千萬不能輸，輸了就太難看了。」

「包在我身上，你儘管放心。」

馮為民一直沒說話，這時突然說：

「周兄和張兄的意見，我很贊成。利用五子棋神童賺錢，如果他肯，我更不反對，另外我想問神童一些問題，例如人類的未來，世界的未來……和賺錢沒關係，只為滿足我個人的好奇心。我是學歷史的，我很想知道神童對這些問題的看法。」

程凌看看大家，周培連連搖頭，張士嘉也在搖頭。周培說：

「馮兄，你何必問這種大問題？我想都懶得想。神童也一定不願意回答。我們還是想發財的路子要緊。」

張士嘉也說：

「周兄說的不錯。這些問題，關係太大，如果神童預測股票都要半小時，思考這些大問題，恐怕要幾個月？我們沒有時間浪費。」

馮爲民似乎有些失望。

「我也是生意人，怎麼不想發財。我也想知道外銷的行情，原料的未來價格。知道這些情報，一定可以賺錢……」

周培說：

「對！對！就該想這些。」

「……可是難道大家都沒興趣知道神童對大問題的看法？你們不想知道未來歷史發展的方向？」

馮爲民沒繼續說下去。周培和張士嘉的表情，都不願再聽。程凌看在眼裡，忙說：

「老馮，你的問題，以後再問神童。眼前我們先談神童世界節目。士嘉，神童的事，你不能告訴劉教授。丁玉梅最好也暫時不要讓她知道。其次，神童家裡人現在還不知道五子棋神童的奇能。我們將來應該告訴他們，讓他們知道小心看顧神童。」

周培說：

「不必急。我們先想好財路，再和他家人談，不怕他們不同意。」

「我話還沒說完。如果神童家人和神童都不願他預測未來，我們就算了。大家應該有這種默契。」

周培笑了起來。

「有錢賺，他們一定同意。萬一他們不同意，我們當然算了。」

程凌問張士嘉，張士嘉表示沒問題，馮爲民也無異議。幾人又聊了一會，決定大家分頭找財路，並交換聯絡地址。程凌告訴大家神童住處，但要求衆人星期五以前，不要打擾神童。等到電視演出完畢後，再一起去和神童家人談判。馮爲民張士嘉和周培談得十分投機，馮爲民沒有再提他的歷史問題。程凌送走衆人，問弟弟：

「怎麼樣？我這幾個朋友都還正派？他們不會亂講。」

弟弟聳聳肩。

「還不是爲了自己利益。馮爲民比較有心，周培和張士嘉……我不信任他們。人過三十，都不可信任。」

程凌勉強笑道：

「馮爲民和張士嘉可能三十剛出頭。周培則和我同年。我該可以信任吧？」

「誰知道，你也和他們差不多。」

程凌回到房間，繼續作畫，卻始終靜不下心，勉強畫兩筆，看看實在不滿意。他扯下畫布，扔到牆腳。隔壁弟弟又在收聽熱門音樂。程凌躺在床上，無聊的望著天花板，一直到母親喊喫晚飯，他才爬起來。

12

「五子棋神童失蹤了！」

「失蹤？你怎麼知道他失蹤？」

張士嘉滿頭是汗，香港衫濕透，程凌沒看他這麼狼狽過。程凌喊小妹買三瓶可樂。

小董搬來椅子。張士嘉憤憤的說：

「我剛才去神童家，想請神童明天來公司排演。不料他家人說他上午就出去，一直沒回來。神童平常很乖，出去玩一定會告訴家人。我覺得事有蹊蹺，神童一定失蹤了。」

「神經過敏！」程凌不禁好笑，「小孩溜出去玩，忘記告訴家人，也要大驚小怪。」

「沒那麼簡單。他家裡人說一早有人來找他。大約八、九點鐘。那人走沒多久，神童就不見了，可能被那人拐走。」

「誰會拐一個小孩子？」

「對，誰會拐走一個孩子？除非知道他不是普通小孩，是個能預測未來的神童。」

程凌一想，張士嘉這話可不正對著他說，有點不高興。

「你意思說是我們圈裡人幹的。士嘉，你未免小題大做，小孩溜出去玩玩，你就懷疑他被人拐走，甚至懷疑自己朋友，士嘉，你把我們這些朋友看得太不值錢。」

「程胖，我不是疑心你，你不要誤會。也不是這位董兄。神童家人說，早上找神童那人很矮小，所以絕不是你們兩位。神童家裡人認得你弟弟，不是他。所以，只剩下馮兄和周兄，他們個子都不高，一定是其中一人。」

「喂，神童是不是失踪，還沒有搞淸楚，就瞎猜胡猜。馮爲民和周培都是我老朋友，你不要隨便疑心他們。」

「一定是其中一人拐走神童。」張士嘉十分氣憤，「你昨天將神童地址抄給大家，我就知道不妥。是你的朋友，我不好攔阻。知人知面不知心，初次見面，我信任別人，別人不一定信任我，現在果然出了問題。找不到神童，星期五上不了電視，我就完蛋了！」

小妹端來三瓶可樂，張士嘉對著瓶嘴猛灌。程凌不免疑惑，問小董周培在哪裡。小董說周培可能去證券交易所。程凌打電話試了幾處，周培都不在。張士嘉在一旁唉聲嘆氣。程凌勸他寬心。五子棋神童絕對不會失踪，說不定現在已經回家。張士嘉說找到周培和馮爲民，自然明白小孩的下落。程凌知道他不信任兩人，也不太信任自己，解釋無益，只好再打電話到馮爲民辦公處。馮爲民恰巧在公司，聽說五子棋神童失踪，也十分著急。掛上電話，程凌告訴張士嘉已找到馮爲民，聽他口氣，他並不知情，嫌疑犯只剩下周培一人。張士嘉更急，坐立不安，恨不得報警。程凌說報警未免荒唐，不如由他和小董分頭去找周培，張士嘉再回神童家看看，大家六點鐘到電視大樓張士嘉辦公室碰頭。張士嘉也想不出更好的辦法，只有同意。小董答允跑幾家證券交易所和咖啡廳。程凌自己去周培家。

周培住景美，程凌坐計程車趕去，周培家只有他祖母在，一口廈門話，和程凌糾纏不清。程凌約略聽懂周培一早就出去，便給周培留了張條子。走出巷口，竟看到周培搖搖擺擺從馬路對面走過來。程凌一把抓住周培說：

「好小子，野到哪裡去？」

周培嚇了一跳。

「奇怪，你來幹甚麼？」

「五子棋神童失踪了！」

「別開玩笑，我不相信。」

程凌告訴周培，張士嘉找不到五子棋神童，懷疑有人拐走神童。周培想了想說：

「我操，居然鬧窩裡反，那個人甚麼長相？昨天只有幾個人在場，不是小董，就是那位馮兄。」

程凌說小董上午都在廣告社，馮爲民對這事並不知情，忍不住問周培是否去過神童家。周培氣得跳起來。

「程胖，我們多年朋友，你看我像不像吃裡扒外的角色？」

「我沒有懷疑你，可是你今早到底去哪裡？」

「我去哪裡！我到一家補習班拜訪朋友，打聽他們如何經營補習班。昨天不是講好大家分頭找財路？你們只曉得坐而論道，只有我在外頭跑得灰頭土臉，反而被你們倒打一耙，我操！」

「你眞的去拜訪朋友？」

「程胖，我幾時騙過你？我周某對付外人，一向心黑手辣，對自己人可從未失信，你這樣懷疑我，太令我痛心。」

程凌本來幾乎認定是周培做的手腳。周培態度如此強硬，程凌覺得又不像是他。周培又說：

「你這個人心眼死，不夠資格耍陰險，所以我一直信任你。你那幾個朋友可能有問題。昨天大家答允合作，完全看你面子。回去有人想想不甘心，就使出怪招了。五子棋神童由張士嘉一手發掘，他憑甚麼讓別人分享利益。如果有人後悔，弄玄虛，一定是他。」

「可是今天神童失踪，是他發現的。」

「你頭腦怎麼這樣簡單？強盜喊捉賊，自己反而逍遙法外。一定是他。這位張兄一看就是厲害角色，腦後有反骨，我們都被他騙了。」

程凌沒了主意。周培講得振振有辭，難道眞是張士嘉監守自盜？他這樣做，居心何在？張士嘉即使藏起神童，總不好星期五又從袖子裡把神童掏出來。他再厲害，不會故意跟自己飯碗過不去。

程凌想來想去，覺得還是周培嫌疑最大。轉念一想，神童究竟失踪沒有，也沒確定，不必先和周培抓破臉。程凌要周培同他跑一趟電視公司，大家當面談淸楚。周培悻悻然同意。他們趕回電視大樓，張士嘉辦公室，只有小董坐在裡面悠閒的看報紙。

「小董，張士嘉呢？」

小董一臉茫然的神色。

「不知道，他一直沒回來。也許他找到神童了。」

「豈有此理。」程凌罵一聲。「我本來就斷定一場虛驚。害得我白跑趟景美，好像坐計程車不花錢似的。」

「你還好。我已經回家，又被你拖回來，搞甚麼玩意。我不必等這位張兄，我先回去。」周培說著就朝外走。

「別走。說不定他馬上回來。」

小董說：

「對了，周培，我剛才去交易所找你，順便看了股票行情。我們的股票已漲了好些。要不要拋？」

周培搖搖頭說：

「神童不是預測會漲一倍？我們再等兩天，見機而做。」

三人等了半小時，不見張士嘉的影子。周培罵不絕口。程凌雖然氣，卻不好發作，到門口張望，一眼瞥見丁玉梅走過來，一股怒氣，頓時飛散到爪哇國。丁玉梅看到程凌，微笑說：

「嗨，昨天你不肯和我們去野柳，眞可惜啊。我們玩得好開心。」

「我打過電話給妳，妳不在。」

「我知道。」丁玉梅和周培、小董打招呼。「你們在等張士嘉？他今天不會回來了。」

小董和周培互望一眼。周培說聲走，拉著小董就跑。程凌注意丁玉梅的表情，看她並沒有生氣的意思，心頭放下一塊大石。

「昨天你們三個人去野柳？」

「四個人，還有老龔。都是你固執，人家王若芬還問起你呢。」

「眞是笑話。她哪裡會記得我。」程凌說，「怎麼樣，劉教授又自我吹噓沒有？」

「沒有講甚麼呀。大概你不在，沒人跟他抬槓。其實劉教授對你並沒有成見哩。」

「我難道怕他對我有成見不成！」程凌本待乘機再說兩句，想想不妥，改變話題。

「今晚有空嗎？我履行上週的諾言，請妳吃晚餐。」

丁玉梅看看錶。

「八點鐘我得回來。」

「我請妳去附近的西餐館，沒多遠，不會耽誤多少時間。」

還沒走到電視大樓門口，丁玉梅輕咦一聲，程凌順著她的視線望去，門口可不正站著一位劉教授。程凌罵道：

「這樣子釘梢法，噁心！」

丁玉梅瞪他一眼。劉教授滿面春風迎上來。

「程兄，想不到又碰頭了。昨天我們還可惜你沒同去野柳，玉梅一直記掛著你。」

程凌好生不舒服。丁玉梅說：

「你怎麼有空來這裡？不是要去南部？」

「臨時決定不去，路過電視公司，順便進來看妳。還沒吃飯？我請兩位吃晚餐。」

程凌連忙說：

「我和丁玉梅有約在先，不勞劉兄請客。」

「程兄不必見外。玉梅的朋友，就是我的朋友。我請兩位晚餐，不必客氣。」

程凌想這是甚麼話，看丁玉梅既不承認也不否認，黑溜溜的大眼睛流露出捉狹的淘氣。程凌暗自後悔，又誤上賊船。他不能再打退堂鼓，正色說：

「劉兄，我剛才說過，我和丁玉梅有約在先。如果你沒別的約會，我可以請你一道喫飯。如果你有事，我絕不勉強，這一頓一定算我的，劉兄可以改天另請。」

「好好，既然有約在先，我當然尊重程兄的意思，今天就讓程兄破費。」

劉教授毫無退縮的意思，程凌恨得牙癢癢的。喫飯時，兩人唇槍舌劍，你來我往。

丁玉梅並不排解，程淩看出她有意做壁上觀，讓他倆像競技場上的武士一般，鬥個你死我活。劉教授繼續吹噓他的電子企業，程淩沒甚麼好吹，在一旁偶然施放幾枝冷箭，劉教授並不在意。程淩腦筋一轉，故意問丁玉梅：

「丁玉梅，妳知道地球爲甚麼是圓的？」

丁玉梅眨眨睫毛，笑道：

「問我幹麼？你問劉教授，他學問好嘛。」

「劉兄博學多聞，想必知道地球爲甚麼是圓的？」

劉教授沒有防備這一問，結結巴巴說：

「這個，說來話長。地球當然是圓的，因爲……這個……物理的必然性……萬有引力的關係……所有的星球，物質互相吸引，最後必凝聚成球狀……。」

「錯了！地球是圓的，因爲只有這樣，才能使每個人都自以爲是世界的中心。劉兄如此自命不凡，不能怪你。你恐怕沒有想到地球是圓的。」

「哈哈，程兄有見地，眞有見地，我很佩服。程兄的誇奬，我實在當不起。我們的小工廠，員工不過兩百人，不當法眼，我哪裡算得上甚麼了不起人物。不過話又說回來，在我的小天地裡，我的確是這個。」劉教授伸出大拇指。「一切大小事情，都由我決定。程兄沒有帶過人，不知道帶人之難和用人之難。不是我吹牛，如果你沒有堅強的自信和圓滑的手腕，你十個人也管不了，更不要說兩百人了。你要帶人用人，第一必須明白，這個人缺點在哪裡，優點在哪裡，他對我有沒有用，有甚麼用，我怎麼樣才能使他甘心樂意，服服貼貼爲我做事。程兄，你大概沒有這些經驗。如果你管過人，你就會知道，天底下最難的學問，就是怎麼樣很巧妙的讓別人替你做事。古人說人有勞心和勞力的分別。勞力的人只曉得傻幹，勞心的人曉得怎麼樣使別人替他傻幹。這是大學問，天底下最重要的學問，課堂裡學不到的。」

程凌不服氣的說：

「劉兄這種看法，簡直把別人玩弄於股掌之上。我不相信每個人都靠這一套才能成功。」

「程兄，一個人要成功，一定得學會治人的道理。古人必須讀資治通鑑。你知道通鑑裡寫些甚麼？記載每個朝代的歷史？哪個皇帝行了哪些德政？沒有這回事。通鑑記載的，無非是人和人的關係。人的基本慾望，其實都差不多。你只要摸清楚每個人的基本慾望，懂得如何駕馭別人，你就可以成功。這些道理，三言兩語講不出來。所以必須有一本資治通鑑，蒐集許多例子，讓你慢慢去揣摩……」劉教授微笑。「司馬光眞是聰明人。你看他小時候搭救掉在水缸裡的小朋友，就知道他如何聰明。假如他也往缸裡一跳，自己雖成了小義士，於事無補。他並不蠻幹，找個磚頭砸破水缸，多巧妙！這就是所謂的間接路線。程兄讀過李德哈特的戰略論沒有？李德哈特是兵學大師，研究了一輩子戰略，方才領悟出一個基本原則：一切成功的戰略，都走的是間接路線。這個道理，一千年前司馬光就知道了！世界上一切的事情，都要迂迴曲折，欲擒故縱，才能成功。

「所以我說，你要做一件事，絕不死心眼自己動手，一定想法子讓別人替你動手，既省力，又不吃虧。勞心者整天拚命動腦筋，就是想這種間接路線。下棋的原理，經營企業的原理，都是這一個原理。你懂得運用間接路線，你就終身受用不盡。」

「劉兄開工廠，用這一套辦法，也許行得通。你做學問，總不能用這種辦法？」

「還不是一樣。你看那些大牌教授，整天出席這個會議那個會議，時而出國講學，時而兼任要職，他哪裡有甚麼時間做學問？其實他自己絕不動手，找些學生助教來做苦工，有了成績，改頭換面一番，就是自己的研究結果。中國外國都是這樣搞法。自己能夠不動手，絕不動手，這就是間接路線。」

程凌還想再辯，丁玉梅說：

「你們有完沒完？我要回電視公司，都快八點了。」

劉教授開車送他們回電視公司，終於說他必須先走一步。劉教授走了，程凌吁了一口氣，丁玉梅看著他笑。

「你和他眞是冤家，一見面就抬槓。」

程凌不願再提劉教授，問丁玉梅：

「明天妳有空嗎？」

「我要排戲嘛。他們新開一齣電視連續劇，要我客串。」

「爲甚麼不乾脆請妳擔任女主角？」

丁玉梅銳利的看他一眼，程凌曉得說錯話，趕緊轉變話題。丁玉梅卻再也提不起勁來。程凌看著這嬌小玲瓏的女郎，眉宇間一抹淡淡的憂愁，突然浮起強烈的憐惜。他想告訴她，她實在沒有甚麼值得憂愁的，話到唇邊，又嚥了下去。一群電視公司的女演員站在餐廳門口聊天，招呼丁玉梅過去。丁玉梅對程凌做個抱歉的微笑。程凌看著她從自己身邊走開。她還是個淘氣的女孩子，程凌想。除了明星夢，她似乎再沒有別的煩惱。劉教授不一定追得上她。姓劉的追丁玉梅根本不合適，追黃端淑其實倒合適得多。程凌自己呢？他嘆口氣。程凌並非沒有自知之明。他站得遠遠的，看丁玉梅有說有笑和同事們聊天，微微有些惆悵，轉過頭來，電梯門開處，冒出張士嘉流汗的臉。

「程胖！原來你在這裡晃蕩。我在辦公室等你們等得好苦。」

「你等我們？我們等你到六點半，爲甚麼電話都不打回來一個？」

「我坐在神童家等他，沒辦法打電話。結果還是沒等到。他家裡人急死了。」

程凌大爲驚訝。

「五子棋神童居然還沒有回家？眞失蹤了不成！」

「失蹤了！一定被人綁架。」張士嘉急著問。「你找到周培沒有？爲甚麼他不來電視公司？」

「他等你不來，先回去了。士嘉，我看不是周培。他說他上午到補習班拜訪朋友，我覺得他不像說謊。」

「如果不是周兄，又不是那位馮兄，那麼是誰幹的好事？」

程凌聳聳肩。張士嘉這種責問的態度很令他不滿。程凌覺得他沒有必要再替任何人辯護，張士嘉懷疑任何人，不妨自己去探查。他直截了當的說：

「神童失蹤的事，我的朋友都不知道，我沒有理由懷疑他們。你不相信他們，請你自己去問，這件事我管不了。」

「程胖，你不能不管。你撒手不管，我怎麼辦？」張士嘉口氣軟下來。「程胖，神童世界的主意是你出的，五子棋神童的本領也是你發現的，我從來對你感激萬分，你問丁玉梅、老龔他們就知道。送佛送上西天，事情搞到這般地步，你絕不能撒手不管。我垮了，對你有甚麼好處？牡丹雖好，還須綠葉扶持。我在電視公司一天，就幫忙你的廣告公司一天。我垮了，誰再來幫你？」

程凌想，這倒是實話。張士嘉垮下來，對他有損無益。但是究竟誰騙走了神童？兩百萬人口的臺北市，走失了一個小孩，哪裡去找？程凌想不出一點頭緒。張士嘉看他不說話，急得握住他的手，懇切的說：

「這件事情，非你不能解決。五子棋神童不會無緣無故失踪。我張士嘉不是那種過河拆橋的人。我不信任你的那些朋友，也不能怪我，對不對？只要找回神童，我一定重重謝你，絕不食言。」

程凌無可奈何的說：

「好吧，我盡力而爲。實在找不到怎麼辦？」

「到時候再說，」張士嘉似笑非笑。「實在找不到，只有臨時編造一個神童湊數。我舅舅早想送他大兒子上電視，我一直沒答應。五子棋神童不出現，就找我表弟上臺，反正電視是幻覺的藝術……你不要跟別人講。我不是逼不得已，不會這麼做。」

「我知道。」程凌記起丁玉梅對他講過，神童世界曾播出假神童。他下意識朝餐廳的方向望去，丁玉梅和那一群女演員已經不見了。「你眞是內舉不避親。」

「你不要告訴別人。這都是下策。最好能找到神童，棋賽可以如期舉行。不然我對公司繳不了差，對劉教授也不好解釋。」

程凌笑了。

「對，看在劉教授份上，我也應該找到五子棋神童。否則，他又有得吹了。」

13

程凌在外頭跑了一整天，仍舊查不出五子棋神童的下落。他拜訪過神童幾個要好的同學，又到神童的學校去，都說沒見到神童。看起來神童在學校裡的表現並不出色，他的級任導師對他幾乎沒有任何印象，經程凌描述神童的大頭，才啊的一聲想起來，原來是那個小孩。喜歡下五子棋，常常遲交週記，別的也沒有甚麼。程凌很奇怪五子棋神童爲甚麼遲交週記。級任導師解釋他常將週記簿堆在辦公桌上，等到星期四才批改。班上同學知道他的脾氣，遲交的人便偷偷的把週記簿送來，以爲他不會知道。可是這位級任導師很細心，總能查出他們的破綻。他給程凌看五子棋神童的週記，指出週記裡的每週大事欄，常常錯誤記載了下週發生的事，這就是遲交的鐵證。級任導師對自己明察秋毫的能力，顯然十分得意。程凌肚內明白是怎麼回事，不便說破。級任導師並不太擔心五子棋神童失踪。暑假裡小孩子玩心重，說不定出走到同學家。上個月還有一個小孩子溜到南部，被鐵路警察送回來。孩子說想學「錢多多」，到名山拜師學藝。程凌看問不出結果，只好告辭。在外面胡亂吃一頓，回到廣告社，周培和小董正急似熱鍋上的螞蟻。周培見了程凌就大呼：

「你幹的好事！甚麼狗屎神童，完全騙人的把戲。股票跌了，你知道嗎？」

程凌心一沉，好似當胸被人打了一拳。周培繼續大嚷：

「他說會漲一倍。才漲了四分之一，就開始往下跌，我們怎麼辦？」

「說不定會回竄。神童不會說錯的。」

「我猜會回竄。」小董說，「華南、嘉新都在漲，只有我們的股票跌，不合理。」

「我操，炒股票哪裡有理可講。」周培說，「說跌就跌，還跟你客氣。我們應該再找神童預測一下。即使會漲一倍，也得知道甚麼時候漲到一倍，假如明年才漲到一倍，沒等到那時候，我們已經斃了。軋頭寸的利息我們就背不起。」

程凌方寸大亂，喃喃說：

「他分明說這星期會漲一倍，奇怪……」

「再問一次不妨。要拋，今天拋還來得及。程胖，我們現在應該再請教神童一次。他如果沒有肯定的答覆，我們只有立刻拋出。」

「可是你也知道，神童失踪了，還沒找到他的下落。」

周培大驚。

「還沒找到？我以爲昨天張士嘉胡說。」

「不。他眞的失踪了，張士嘉並沒說謊。我已經找了他一整天。誰也不知道他在哪裡。」

「完蛋。我們怎麼辦？」

三人面面相覷。程凌注意周培發急的表情，斷定他眞的不知道神童的下落。小董細心擦拭眼鏡，周培頹然倒在椅子上，程凌試探的說：

「我們抛出吧？多少賺了十幾萬，並不吃虧。」

「吃虧倒不吃虧。這一抛，萬一又漲呢？」

「管不了那許多。保本要緊。」

程凌堅持抛售股票，小董沒有意見。周培打了幾個電話，股票仍然在跌。他不敢遲疑，立刻要經紀人抛出。小董在旁計算，扣除手續費等等，還可以賺九萬多一點。三個人鬆口氣。周培以手加額：

「我的天，只賺九萬元，好可惜。那個鬼神童跑到甚麼地方去了。我們非找到他不可！」

「咦，你不是說不炒股票，改搞補習班嗎？」

周培怔了一下，說：

「不錯。搞補習班也行。你看我蒐集的資料。現在聯考改用電腦閱卷，出題範圍大受限制。我們要猜題，實在簡單。如果像從前那樣，反而費手腳。現在我們只要花點力氣，到處蒐集各補習班的精選本，再請神童勾一下，多麼方便。反正都是選擇題和是非題。」

小董插嘴說：

「我有一個朋友從香港進口手錶型袖珍對講機，賣給考生，聽說撈了一大筆。」

「那是作弊。我們高級多了，而且光明正大。」周培講講又有點洩氣。「我在這裡白費唇舌，神童找不回來，一切都是空談。哪一個缺德鬼拐走神童，未免太不講義氣。」

程凌股票賣掉後，心情反而十分輕鬆，集中精神想神童失踪的怪事。不是小董。不是張士嘉。看周培剛才的反應，除非他有一流的演技，不應該是他。難道是馮爲民？程凌從來沒有懷疑過馮爲民，這時疑心頓生。張士嘉、周培都急得半死，如果馮爲民著急，今天應該會來電話。他不來電話，就表示他不急。爲甚麼不急？他知道神童的下落，當然不必急。程凌一下子想通，從椅子上跳起來，周培和小董奇怪的看他。程凌無心對他們解釋，匆忙跑下樓，差點和小妹撞個滿懷。程凌不理會小妹的咒罵。喊來計程車，趕往懷寧街馮爲民的公司。正是快下班的時候，中華商場一帶擠得水洩不通，在平交道等北上列車又耽誤了十來分鐘。程凌急出一身大汗，到馮爲民的公司，馮爲民端坐在裡面，別的同事都已離開。馮爲民頭上紮著紗布，臉色青白。程凌推他一把。

「老馮，怎麼搞的，狼狽成這副德性。」

馮爲民苦笑道：

「信不信由你。昨天在衡陽路貪看一個迷你女郎，撞在電燈桿上。」

「老兄這種故事，只好唬別人，唬不到我。」

「這麼講你該相信。昨晚喝醉了酒，掉進門口的大溝裡。」

「也不對，你如果掉進大溝，今天就不會坐在這裡講話，肋骨恐怕都要摔斷。」

「好吧，老實告訴你，昨天太太回娘家，我親自下廚。太太把一些瓶瓶罐罐堆在高架子上，我偷懶去抽底下一個罐子，被一罐外銷水蜜桃砸了一記，沒想到傷得不輕。」

「這種醜聞，難怪你要編故事了。」

兩人大笑。馮爲民說：

「這兩天事情忙，有一大筆生意，每天自動加班。我們一起出去吃飯？」

程凌來不及回答，電傳打字機劈劈拍拍響起來，馮爲民忙走過去看，越看越高興。

「CONFIRMATION來了！這筆生意跑不掉，煮熟的鴨子……我請你喫鴨肉飯去。」

「賺大錢的人，請客還這麼小氣。」

「鴨肉飯比海味好，請你吃海味，你更不樂意。何況鴨肉飯是有來歷的。想當年陳霸先大戰北齊軍於建康，先宰鴨千頭。早上軍士每人發一包荷葉飯，蓋著鴨肉數臠。軍士喫了，氣力百倍，在幕府山一戰大破北齊軍，江南賴以保全。你看鴨肉飯多麼有用。」

「這麼說來，鴨肉蓋飯是標準南方喫法？」

「當然，蓋飯古時叫娓飯。鴨肉娓飯，補得很哪。北方人犒軍用牛羊，南方人就用鷄鴨了。」

他們走到賣鴨肉飯的小喫店，要了一盤鴨肉，相對大嚼。程凌等了半天，馮爲民始終沒問起五子棋神童。程凌忍耐不住說：

「老馮，你把五子棋神童弄到哪裡去？」

馮爲民正在撕一根鴨腿，慢條斯理說：

「你怎麼猜出是我？」

「一定是你。你這一招不太高明，何必這樣對付老朋友？」

馮爲民並沒有否認，夾起一塊鴨肉放在程凌碗裡。

「喏，鴨屁股給你。」

「我不喫鴨屁股。」程凌說，「今天已經星期二，星期五神童就要上電視。張士嘉急死了。你弄走神童，是何用意？」

「我想問他幾個問題，反正你們都不感興趣。我又沒有拐走神童，他自願跟我來。星期四以前，我一定送他回去。」

「神童在你家？難怪你要太太回娘家。你把神童藏在家裡，要他苦思人類的未來？你這是何苦。」

馮爲民有些不高興。

「我並沒有逼他回答這些問題，他自願的。這小孩不簡單。他不是傻瓜。那位姓周的想利用他發財是白費心機。這孩子大智若愚。我跟他談了一晚上，就知道他胸中自有丘壑，不是我們這種凡夫俗子所能及的。」

程凌想起孩子的目光，那樣深遠而蒼老，彷彿像通往過去和未來的一扇窗。程凌又想起弟弟的話。也許弟弟說得對，神童是宇宙故意留下的破綻。他看著鴨肉店外摩肩接踵的人流。小販正吆喝販賣廉價的衣料用品。霓虹燈一排排閃動。黑色的夜幕底下，是無數彩色溶合成的都市浮雕。在這種熱鬧的地方，程凌竟感到一陣寂寞的寒意。鴨肉飯，陳霸先，建康，建業，南京，幕府山，秦淮河。程凌不禁背誦出熟悉的句子。

「記得當時，我愛秦淮，偶離故鄉。向梅根冶後，幾番嘯傲。杏花村裡，幾度徜徉。都已矣！把衣冠蟬蛻，濯足滄浪。

無聊且酌霞觴，喚幾個新知醉一場。共百年易過，底須愁悶？千秋事大，也費思量。從今後，伴藥爐經卷，自禮空王。」

「好個伴藥爐經卷，自禮空王！」馮爲民笑道，「老哥甚麼時候愛讀起儒林外史？這首詞也不過矯情一番，沒多大道理。有那麼容易看得破？」

程凌站起來。

「我們到你家去。神童家人到處找他。你說他不在意，我就不信。」

馮爲民也站起來。

「老哥，你知道我對神童沒有惡意，又不想靠他發財。再給我一兩天的時間，好不好？」

「還是送他回去。你那些問題，他沒法答覆的，不必試了。」

馮爲民似乎自知理虧，不再堅持。他們回到馮爲民家，神童踡蹋在客廳一角，大頭擱在膝蓋上，睡得正熟。程凌喚醒孩子，說自己來接他回家。神童毫無驚異的表情，馴服的站起來。程凌不能瞭解孩子爲甚麼聽馮爲民的話離家出走，現在又毫不反抗的準備回家。孩子似乎對一切都不在意。他的眼皮半闔，滿臉睡意，並不注意程凌和馮爲民的談話。馮爲民蹲下來，扶著孩子瘦削的肩膀說：

「你回去以後，再仔細想想我的問題。好不好？」

孩子點點頭，馮爲民又說：

「仔細想想。人類的未來如何？世界的未來如何？你能預測股票，一定也能預卜人類的未來。」

孩子沒有說話。程凌不耐煩，正要催他走。孩子突然叫了一聲，眼睛圓睜，臉上現出極驚怖的表情。程凌從來沒有看過這樣可怕的表情，孩子的三角臉整個扭曲著，嘴唇呈紫色，整個身軀好像被電擊般抽動，躍起在半空中，又重重跌在地面。

程凌慌了手腳，猛力搖撼昏過去的神童。孩子瘦小的身體，在他手中簡直沒有多少重量。馮爲民拿來濕手巾蓋在孩子額頭上。程凌心卜卜跳著，擔憂孩子會昏迷不醒。過了好久，孩子手腳抽動一陣，嘴巴像魚般開闔，眼皮慢慢張開。程凌鬆口氣，觸及孩子的目光，他陡然覺察到一個極大的變化。

那是一個十幾歲孩子的目光，遲鈍而呆滯。那不再是神童不可測的眼神。

程凌立刻直覺的明白，神童已經不存在了。

14

「我操，馮為民眞不是東西，我們把他當朋友看待，他卻胳膊朝外彎，拐走神童。你曉得我們損失多大？幾十萬，我的天！」

周培用力揮舞著手裡的報紙，激動得聲音都變了調，程凌、弟弟、張士嘉和小董沉默的坐在四周，看周培走來走去，大聲咒詛著。昨天他們剛拋出股票，股票立刻開始回昇，好像就等待他們脫手。周培唸出報上的標題。股市普揚。股票市場充滿樂觀的氣氛，大戶小戶萬頭攢動，拚命收進，只有他們傻瓜似的向外拋。周培氣得搥胸頓足。

「大好機會，完全被馮為民一手破壞。如果神童不失踪，我們絕對不會拋。現在好了，只有眼巴巴看別人發財，我操！」

「還說它做甚麼。」程凌說，「好在我們並沒有喫虧。問題是神童已經不再是神童，連五子棋都下不贏了。」

大家靜默下來。早上程凌和弟弟去探望神童。孩子已經復原，他並不記得昨晚發生的事情。弟弟陪他下了四盤五子棋，孩子只贏了一盤。孩子有些難過，程凌比他還難過。張士嘉知道五子棋神童失常的消息，更是著急。星期五的電視棋賽，眼見出了問題。利用神童發財的計畫，也只有打消。衆人心情都十分沉重。張士嘉淸淸喉嚨，打破僵局。

「你們都沒關係，最倒楣的是我。後天五子棋神童不能上電視，神童世界從此聲譽掃地。早知如此，我就不必全力宣傳。現在外界都等著看大棋王和小棋王的爭霸戰，哪曉得神童本人出了紕漏。我完了。」

張士嘉說得可憐，程凌很不過意。神童失常，完全出乎他們意料之外。程凌不明白五子棋神童爲甚麼會突然喪失他的異稟。昨晚馮爲民不該問孩子那些大問題。孩子驚怖的表面，顯示他似乎看到甚麼。難道他不願意面對他看到的未來？也許孩子一時精神恍惚，幻想自己看到了甚麼。人們不是說，天才和瘋子往往僅有一線之隔？孩子的腦袋和常人不同，也許容易產生奇異的幻覺。究竟爲了甚麼，程凌卻無論如何也想不通。

張士嘉垂頭喪氣，弟弟突然說：

「其實五子棋神童還是可以上電視，他只需要下三盤象棋，也不必多表演。」

程凌不以爲然。

「五子棋神童已經失常，你以爲他還能夠贏劉教授？」

「現在當然贏不了。但是上星期神童沒有失常前，我們預先分析過劉教授的棋路。

三盤棋的棋譜，我都記載下來。神童只要按譜落子就好。如果神童上週預測得不錯，劉教授一步不差的下棋，他非輸不可。」

「算了吧。」周培搖頭不信。「神童連自己發神經病都不能預知，我不相信他能猜中人家每一步棋。都是騙人的把戲。」

「你怎麼知道他不知道自己會失常？」弟弟說，「可能這都在他預料之內。可能他早已算定自己的未來，懶得告訴別人。你說他騙人。他預測股票會漲，有沒有錯？你自己信心動搖賣掉股票，你怪誰？」

周培被弟弟一陣搶白，沒有話講。程凌仔細考慮弟弟的意見，覺得也許行得通。神童不必做甚麼，只要按照弟弟記下的棋譜，一步步走去，劉教授仍然會輸。可是神童眞能夠預測未來嗎？如果他預測錯了怎麼辦？劉教授一定會殺得他片甲不留。程凌看張士嘉。

「士嘉，你的意思怎樣？」

張士嘉沉吟一陣。

「的確是個辦法。我們可以試試看。萬一神童預測失靈，輸給劉教授，也沒辦法。只希望他不要輸得太慘，過分失常。」

弟弟說：

「我們本來計畫，也是要神童按譜下棋，他失常不失常都沒有關係。唯一的問題是，神童一輩子恐怕只能下這三盤象棋，以後再不能下棋了。」

張士嘉說這不成問題。只要能夠應付星期五的棋賽，沒有露出馬腳，就算過關。電視公司不再繼續捧神童，不出一個月，人們一定完全忘記了他。張士嘉說著笑起來。

「過去我們捧出來的神童並不少，我們有成打的娃娃歌唱家、娃娃運動員、娃娃音樂家、娃娃作家，現在到哪裡去了？說句不客氣的話，都成不了氣候。觀眾喜歡看小傢伙表演，我們不能不迎合觀眾口味。會唱兩首歌，就封個歌唱家；會寫幾句星星雲彩情啊愛啊，就封個作家，讓觀眾看著過癮。反正小時了了，大未必佳，大家心裡早該有數。」

程凌說：

「當初我不該給你出這個主意，你捧一個神童，就毀一個神童。」

「怎麼能責備我？大家把天才看成石頭裡蹦出來的孫悟空，我有甚麼辦法？我不過靠電視混飯吃，培植下一代不是我的事。」張士嘉看程凌臉色不佳，連忙接著說：「這樣好了，我想法子請求電視公司贈送五子棋神童一個獎學金，算是他棋賽的酬勞。這樣他也不會太吃虧。」

衆人沒有意見。周培猶唏噓股票的損失，小董在偷偷笑他。程凌肚痛老毛病又發作，和弟弟回家，在床上躺了一下午，腦海裡趕不去五子棋神童瘦削的身影。他突然明白沒有人眞正關心神童。張士嘉但求應付神童世界的節目。周培一心想發財。小董是個沒主見的人。馮爲民祇關心歷史潮流。沒有人眞正替神童著想。甚至連程凌和弟弟，對神童也只有表面的關懷。難怪他對一切都不熱衷。也許他早看穿人們對他不懷好意。神童雖然喪失了異稟，從此不必被人利用，塞翁失馬，焉知非福。

程凌輾轉反側，起身找出牆腳捲藏的畫布，反釘在畫架上。他很想畫些甚麼。面對畫布，又遲遲不能下筆。他下決心拿炭筆勾出幾根線條。瘦削的神童，蹲伏在畫布中央，四周的空白包圍住神童。程凌緊握住筆，端詳神童的素描。他不能明白羅特列克的線條怎會那麼生動。剪紙似的側影，寥寥數筆，就捕捉住顫然躍動的生命。他永遠畫不出那樣有力的線條。程凌丟下炭筆，感到極度的失望，有一種反胃的感覺。他對自己說：你不能鑽牛角尖。你必須承認自己是二流角色。除了你自己，沒有人能傷害你，你必須懂得保護自己。你只能盡力而爲，不能多想。

他坐在床沿，聆聽外面街上垃圾車奏出少女的祈禱。畫布上神童靜靜蹉伏，似乎對四周的空白毫不關心。羅特列克世界裡的旁觀者永遠冷漠無情。神童不是無情，而是結結實實的不關心。程凌想，你不必填上這空白，一切都很好，神童一定知道如何保護他自己，你不必替他擔心。你只能盡力而爲，不必多想，不能多想。程凌看著神童，畫布上的神童也望著他。程凌拿起畫筆，慢慢替神童塗上油彩。

晚上，馮爲民來了。他對昨晚的事感到十分抱歉，他沒有料到神童竟有極劇烈的反應。程凌說不能怪他，神童也許早料到有這一劫。程凌說神童還可以上電視。馮爲民聽了，安心不少。他看到程凌的畫，仔細瞧一陣，沒有發表甚麼意見。程凌以爲馮爲民至少該批評批評，有點失望。馮爲民話鋒一轉，講起他最近連做幾筆大生意，可能去歐洲跑一趟。

「那些德國人對我們印象不錯。過去我們必須通過日本人和他們簽約，現在他們居然自動要求直接和我們簽約。能夠減去日本人的中間剝削，我們可以多賺一倍！老哥，做生意很有意思，你看到金錢滾滾而來，一切痛苦煩惱，馬上可以忘得乾乾淨淨。我從前幹教書匠的時候，做夢也沒想到能去歐洲旅行。做生意的確有意思。」

馮爲民說得有趣，程凌笑著問：

「你不帶太太去？」

「也許帶太太去。要看對方肯不肯保證簽約。如果我有把握拿到佣金，多花點錢也不心痛。」

「你看，何必管甚麼歷史潮流。你現在不是越混越得意？」

「話不是這麼講。」馮爲民沉默許久，又講不出甚麼道理。終於說：「我有沒有告訴你，方先生退休了？方先生退休前，我去看他……」

「你講過。」程凌打斷馮爲民的話，「在高悅白家。你喝醉了不記得。」

「方先生我一直很佩服他。這位老先生有骨頭，我們比不上。」

「你想怎麼樣？你總不能樣樣都做。」

馮爲民看看錶。

「你說得對。我要回去了。神童的事，我非常對不住大家。他們一定恨透我。請你向大家解釋。」

馮爲民走後，程凌和弟弟仔細研究一遍神童上週預測的棋譜。程凌越看棋譜，越覺得五子棋神童實在是個天才。弟弟說後天棋賽前，神童必須背熟棋譜。萬一當場下錯，誰也沒法幫忙，只有眼看他輸棋。程凌想這又是一個問題。好在孩子們背誦能力強，明天苦讀一天，總可以記住。完全憑棋譜下棋，這種別開生面的棋賽，倒也難得。弟弟書架上堆了幾本精裝厚書，程凌以前沒看到，隨便抽下一本熱力學，都是密密麻麻的小字和公式。弟弟把書放回去。

「沒甚麼好看。我下學期的課本。」

程凌點燃香煙。弟弟學問比他強多了，將來說不定有出息？早先父親在的時候，每年暑假要他們兄弟倆背誦唐詩和古文觀止，弟弟永遠比他先背熟。程凌回想起住在新店的日子，他和弟弟每天上午背書，下午到碧潭玩耍。那時候弟弟還不會游泳，只能在岸邊撿石頭。有一次他和弟弟划船到海角紅樓崖下水最深的地方，程凌逼弟弟跳下去，說他跳下去自然就學會游泳。「置之死地而後生」，程凌也不知道從那裡看來的理論，拿弟弟做實驗品。弟弟嚇得大哭，在船上叩頭求饒，還是被程凌推下去。幸虧有別的遊艇在旁邊，弟弟喝了兩口水就叫人救起。程凌警告弟弟回家不許講，弟弟居然沒有告狀。弟弟天性不記仇，幾次被程凌整得死去活來，過後一樣和他親熱，程凌想起還十分慚愧。不過那時他也懂得愛護弟弟。每次游泳回來，程凌如果有五角錢，就到小鋪裡買一碗魚丸湯，五顆小魚丸，分給弟弟喫一顆，准他再喝兩口湯，弟弟就很高興，叫他做甚麼就做甚麼。然後他們會坐在太陽曬得滾燙、白得發亮的堤防上，看人們魚貫行過吊橋，一晃一晃的，似乎行走在天上……。

「給我一根煙。」弟弟拿程凌的煙頭燃點他的煙。「五子棋神童失常，你覺得可惜嗎？」

「不可惜，他的失常就是正常，他失常反倒不致被人利用。我並不覺得可惜。」

「我也這麼想。」弟弟說，「他的本領，違反常態，違反常態的東西都不能持久。熱力學裡有一個熵的觀念。熵越少的體系，越有秩序。熵越多的體系，越混亂。混亂本來是常態。你一定要使東西變得有秩序，就違反了常態。你在屋裡裝冷氣機，房子裡的溫度下降，變得特別冷，這是違反常態的。你必須消耗電能，才能維持這不正常的狀態。可是你使這裡的熵減小，別的地方的熵就增加。總的說來，熵還是在增加。我們人類發明這樣東西，發明那樣東西，世界好像越來越有秩序，可是公害問題和環境污染更嚴重。你知道爲甚麼？就是因爲你使一部分變得更有秩序，別的部分就一定更混亂。你消耗的能越多，世界上的熵越增加。這就是熱力學第二定律。等到宇宙的熵增加到極限，宇宙的混亂也達到極限，世界就會變成渾沌均質的一團，再不會變化。書上說這叫宇宙的熱毀滅。我們就趨向這熱毀滅。熵少的東西都不能持久。神童那麼奇特，他的熵一定很少，他不可能持久。」

程凌撳滅香煙。

「到我房裡來，我給你看我的新作品。」

弟弟一眼就認出是神童。

「畫得不錯！神童的味道，全出來了。外面怎麼一片空白？」

「你不喜歡？我想不出能添甚麼。」

「你可以畫他和劉教授下棋。」

「少來！」程凌大怒，「神童一個人不是很好？」

弟弟聳聳肩。

「不畫就不畫，我不過幫你出主意，咦，你的藍色街燈呢？我比較喜歡藍色街燈那一幅。」

「你懂個屁。」

「叫我來，又不許我批評，眞專制。」

弟弟回房聽唱片，程凌端詳自己畫的神童，越看越不滿意。他想撕了重畫，努力忍住。你不能鑽牛角尖。你只有盡力而爲，不能多想，你不能永遠逃避自己。披頭四又在唱無處人。程凌按捺住撕毀一切的衝動，繼續畫下去。一切都很好，他大聲說，只要你肯繼續畫，一切都會很好。你必須盡力而爲，你只有盡力而爲，一切都很好。你不必替神童擔心。你不必替任何人擔心。一切都很好，只要你肯繼續畫下去，一切都會很好。只要你肯畫。

15

張士嘉手持照相機，請眾人站成一排。電視公司的金總經理和郭協理在中央，劉教授和丁玉梅靠右邊，老龔、程凌和弟弟站左邊，張士嘉要神童站在金總經理前面。程凌不想照相，走過去接張士嘉的照相機。

「士嘉，我來照。」

張士嘉推開程凌。

「趕快站回去，我要拍照了。」

「我又不是要角，我來吧。」

「你當然是要角，沒有你怎麼行。程胖，不要拉拉扯扯，大家都在等你一個人。」

程凌只好站回去，張士嘉拍了兩張，讓程凌接過相機。拍完照，金總經理和大家握手，道聲失陪，郭協理陪他離開。張士嘉十分興奮。

「實在難得，總經理居然肯下來照相。這次棋賽，總經理十分重視的。我要先謝謝劉教授和小神童來參加棋賽，還有程家兄弟的幫忙。我們公司招待各位在這裡便餐。午餐後，我們就開始比賽。」

劉敎授微現詫異的神色。

「我以爲是現場轉播。」

張士嘉解釋道：

「我們神童世界一共祇有半小時節目時間，現場轉播恐怕來不及。所以下午先比賽，剪接後再播放。不敬的地方，請您包涵。」

劉敎授表示無所謂。程凌打算到樓下餐廳喫飯，老龔告訴他已經預留一間會議室，餐廳會派人送來客飯。丁玉梅朝他皺皺鼻子。

「我們都沾了神童的光。沒有棋賽，公司才不會請客呢。」

張士嘉連忙說：

「沒有的事。程胖幫忙很大，我們早該重重謝你。請客是應當的。」

衆人到會議室坐定，餐廳送來六客西餐。程凌切開魚排，注意到五子棋神童面對餐碟，不知如何是好。丁玉梅坐在神童旁邊，便敎小孩怎樣使用刀叉。劉敎授笑著說：

「小朋友，你第一次喫西餐？」

孩子怯生生點頭。劉敎授拿叉子指指自己。

「小朋友，十幾年前我和你一樣，也不會喫西餐。我比你還糟糕，大學畢業了，還沒喫過西餐。出國前臨上船，幾個朋友才請我去基隆的水上餐廳開洋葷。你比我福氣多了。」

張士嘉吐出一塊魚骨，說：

「劉敎授坐船出國的？眞是老資格留學生了。」

「招商局的貨船，排水量不過四千噸，跑了快一個月才到紐約。現在年輕人眞福氣，上了飛機，二十四小時就到目的地。可是各有各的好處。我們那時候在船上玩得很痛快。」

「劉敎授談談求學的經過吧？」

「好漢不提當年勇。」劉敎授直搖手，「我這個人，最不喜歡講自己的事情。對了，有一個鳳凰城孤佬的故事，如果大家有興趣聽，我倒可以講講。」

張士嘉和弟弟鼓掌叫好，丁玉梅也睜大眼睛。劉敎授面有得色，拿餐巾一抹嘴巴說：

「那年暑假，我在紐約打工，下午和晚上到餐館，早上便和朋友們打籃球。幾個有名的老球員，像陳祖烈他們，我都很熟。不是我吹牛，陳祖烈的彈性還沒我好，耐力也不夠。他自己也說，假如當年在臺北認得我，一定拉我進克難籃球隊，哈哈！有一天早上和幾個黑人鬥牛，跳球時不小心，大腿扭了一下。當時不覺得怎麼樣，半夜裡翻身，痛得大叫，一條腿不能動彈。同房送我到醫院，說是皮下血管破裂，結果住了四天醫院才回家。這都不稀奇，稀奇的是我在醫院裡認識的一個老頭。

「我在醫院住二等病房，有兩個床位，第一天只有我一個人。醫院裡伙食不太好，護士小姐卻相當漂亮，有一位波多黎各護士，和我特別談得來。波多黎各人，男的一般都很醜，很奇怪女的都滿漂亮。尤其是帶一點黑人血統的混血兒，黑裡俏，野中媚，十分夠味。」劉教授瞥一眼丁玉梅，不肯往下講。弟弟催促說：

「後來呢？」

「第一天就這樣混過去。第二天一覺醒來，發現隔壁病床多了一位糟老頭，大約半夜裡送進來的。我這個人性情最隨和，跟誰都談得來。老頭脾氣很暴躁，一來就和護士小姐吵架，虧得我在旁邊說好說歹。原來這位老先生也是腿部微血管破裂，一條腿痲痺了，不能動彈。我們同病相憐，雖然差了一大把年紀，卻越談越投機。老頭最喜歡看棒球，我也是球迷。老頭喜歡賭馬，我更不外行。兩人談談球經和馬經，時間不知不覺打發過去。

「醫院裡的護士小姐對老頭十分冷淡，嫌他要求太多。只有那位波多黎各小姐，看我的面子，還肯耐心照顧他。我在醫院三天，沒有一個人來探望老頭。我猜他大約是皇后區的窮猶太佬，一輩子辛苦工作，存了幾文棺材錢，孤家寡人過活，一朝疾病發作倒在路邊，被警察送進醫院。紐約這種孤佬最多，常常野狗般死在路上，或者餓死在公寓裡，沒人收屍，講起來也眞可憐。

「第四天，我要出院了。老人平常一臉兇相，看我要走，居然掉了幾滴眼淚，握緊我的手說，你常來看我好嗎？那時我窮得要死，住醫院又花了不少錢，打工還債都來不及，隨口敷衍老人幾句，原以爲再不會來看他。我出院就忙著加班打工，後來想想，覺得老頭實在可憐，如果一次都不去看他，自己失信事小，中國人失信事大。而且那位波多黎各小姐也曾經偷偷囑付我去找她。所以隔了幾天，我又去醫院看老人，還帶給他兩份馬經。老頭看到我，那份驚訝和感激的神情，到現在我還記得！他大概以爲中國人是世界上最守信最富同情心的民族，其實我如果不是爲了那位護士小姐，也不會再跑醫院，哈哈！」

劉教授停下來喝汽水。程凌想劉教授雖然愛吹牛，倒還誠實。劉教授繼續說：

「不久我回學校唸書，和波多黎各小姐的友誼，只有告一結束。我一共探望過老人五、六次，在我已經是仁至義盡。我回學校前，最後一次去看他，老人的病已經大有起色。我告訴他，我要回學校，留了一個地址。他說他不久也可以出院。我們互道珍重，這個故事，到此也該結束了。」

丁玉梅失望的說：

「就是這樣噢？好沒意思。」

劉教授大笑。

「當然還有下文。三個月後，我突然接到一封信，是老人從鳳凰城寄來的。他首先謝謝我在他患病時給予他的慰藉，非常誠懇的捧了我們中國人一番。然後問我能不能到他家度假。信裡附上一張頭等機票。我正愁寒假沒地方去，也很奇怪老人怎麼會搬到美國中部的鳳凰城，因此立刻回信，接受他的邀請。

「到那天，我上了飛機，居然遇見久違的波多黎各小姐。原來老人邀請了我們兩位。我們一路猜測老人究竟是怎樣的人物，當然是瞎子摸象，完全摸不著頭腦。到達鳳凰城，我們依照信上的指示，走到機場偏僻的一角。你們猜怎麼樣？有一塊地方，是老人專用的停車場，一輛豪華無比的羅斯洛斯轎車停在那兒，穿制服的司機正等待我們上車。」

「這個故事越來越熟悉了。」弟弟說，「老師您不是編造的吧？」

「人格擔保不是！這故事並不是你所想像的，窮少女遇見老頭的荒唐故事。老頭當然是富翁。他的家在鳳凰城外三十哩的沙漠裡。你們如果去過，絕對不能想像有人願意住在那種地方。可是老人偏偏選擇沙漠，造了一幢半圓形的透明玻璃屋，裡面是一個大理石平臺，所有的房間都在平臺底層，平臺中央是游泳池。整個玻璃屋完全空氣調節，和外面的沙漠溫度差了幾十度。平臺上除了游泳池，甚麼也沒有，連一棵盆景也不擺。所有的房間都是大理石牆，沒有地毯，沒有骨董家具，可以說甚麼都沒有，簡直像一座大理石的陳列場。可是房裡到處都是電鈕和電化裝置。你在任何房間，可以打開電視觀察任何房間的動靜，和任何房間通話。客廳中央有一個私人電臺，能夠和全美國各地聯絡。〇〇七電影裡的玩意，他都有。

「原來老人是保險業的鉅子，手頭控制了幾十家保險公司和銀行。你不能想像他多麼有錢。每天都有公司的高級人員坐私人直昇機來請示機宜。老人就住在沙漠裡，指揮他龐大的企業。」

「乖乖。」張士嘉聽得目瞪口呆。「世界上眞有這種怪富翁。」

「但是老人說他並不算富。他算給我們聽，全美國至少有五十幾個人比他有錢。所以他說他並不算富有。」

「他怎會那麼有錢？」弟弟問。

「妙就妙在這裡。老人說他是白手起家的。年輕時他幹過房屋經紀，汽車推銷員，後來進了銀行界，打滾了四十年，才爬到今天的地位。我在紐約醫院碰到他時，他是來紐約開會，開完會在街上腿抽筋，人家送他到醫院。他居然不告訴他任何部下。他有三個女兒，他也不通知她們。這個人眞夠狠。

「我們在他家住了一星期，聽他談商場的種種竅門，我簡直聽入迷了。老人把人性摸得一清二楚，經他分析，每個人都變成又髒又臭的一團。有一天晚上，他帶我們去鳳凰城一家高級餐館喫飯。餐館非常擁擠，侍者要我們到酒吧裡等，一等就是半小時。老人對我說，他們狗眼看人低，他要給他們點顏色瞧瞧。說著他對波多黎各小姐文雅的一鞠躬，就摟著她，在酒吧裡大跳探戈，吸引了一大堆人圍觀。沒有五分鍾，領班就跑過來，恭恭敬敬請我們入座。

「這次事件，給予我深刻的印象。老人自始至終沒有亮出字號。如果他亮出字號就不稀奇了。他就憑著一舞探戈，擺個噱頭，餐館的人馬上就明白他是號人物，得罪不得。老人在回家的路上對我說，只有靠混的手法，才能爬起來。甚麼職業都一樣。只要你會混，就無往不利。」

劉教授又停下來喝汽水。丁玉梅問：

「後來呢？」

張士嘉對老龔使個眼色，老龔走出去。張士嘉說：

「劉教授的故事很有趣。我看時間差不多，我們可以去攝影場了。」

丁玉梅發急道：

「別打岔。後來呢？」

「後來我們度完假，我和護士小姐飛回紐約。臨走老人送護士小姐一大筆錢。他沒有送我甚麼，令我好失望。」劉教授做個鬼臉。「可是他說，他和我相處了一星期，如果我夠聰明，應該已經學到了不少東西。他說的話，事後我仔細想，非常有道理。老人知道我在唸博士學位，笑我愚不可及。他說他有三個女兒，一個女兒是醫生，一個女兒是物理博士，老人認爲她們很蠢。小女兒在洛杉磯一家酒吧當女侍。老人說她最聰明。我對他解釋，我們中國人講究書中自有黃金屋，書中自有顏如玉。老人說不錯，唸博士是個穩當飯碗。可是只要他願意，隨時可以花錢買十個八個我這樣的博士替他工作。腦汁是世界上最賤價的東西。」

程凌總算抓到一句：

「又是學位無用論。我聽得多了。」

弟弟問：

「老師，那麼您爲甚麼還唸完學位？您怎麼沒有學習老人，在美國創業？」

劉教授笑著站起來。

「我的確從他那裡學到一些東西，所以我唸完書立刻回來。我不是傻瓜，我絕不再搞甚麼高深研究。可是我也不願意變成他那樣。如果你到過他那個玻璃屋，你就知道他有多麼寂寞。他也不傻，他絕不欺騙自己。所以他生病，寧可和我這種人鬼混，也不願通知女兒和部下。如果一切都有個價錢，他不知道他能夠不要買到甚麼。」

張士嘉又想插嘴，丁玉梅搶著說：

「後來呢？你有沒有和他繼續聯絡？」

劉教授搖搖頭。

「我用不著。我知道該怎麼活。我賺錢買自由，不買寂寞。我可以過得快快活活的。當然我知道他在哪裡。如果有人經過鳳凰城，也許仍可以在郊外看到他的玻璃屋。我告訴過他，他的房子該取名叫做鳳凰臺。我還替他找到那兩句詩的英譯。鳳凰臺上鳳凰遊，鳳去臺空江自流。他說要刻在銅牌上，釘到屋門口。」

張士嘉再次央求道：

「實在對不起，我們可以下去了。」

劉教授說：

「好，我們走吧。鳳凰城富翁的故事，就算完結，哈哈！」

攝影室裡燈光已經排好，老龔和張士嘉忙進忙出。劉教授和五子棋神童對坐在棋盤前。程凌拉著弟弟縮到一角。弟弟從懷裡掏出棋譜。程凌說：

「成敗在此一舉。希望神童不要背錯。」

「我們昨天練習了一整天，他應該記熟了。」

丁玉梅站在兩架電視攝影機前，唸了一段介紹辭。張士嘉不滿意，揮手說重來。丁玉梅嘟著小嘴，背著燈光。小神童呆呆望著她。張士嘉走過去，要他表情盡量放鬆，又調整燈光。一切弄妥，丁玉梅再背一遍臺辭，攝影機轉向劉教授和神童。弟弟緊張的說：

「開始了。」

劉教授先手，仙人指路。弟弟一撞程凌，程凌暗喜，果然和神童預測的一模一樣。神童跳馬。劉教授雙眉緊蹙。他顯然沒有料到神童會這樣應。弟弟低聲說：

「劉教授應該移炮。」

劉教授考慮了一會，平中炮。弟弟點頭。一切都如預料。神童下得很快。劉教授卻屢屢長考。不知道是水銀燈太熱，還是心情緊張，甫入中盤，劉教授已經滿臉汗水。等到劉教授雙俥齊出，弟弟又撞程凌。

「這是他的失著。都在我們的算計之內。」

果然劉教授因此送掉一匹傌。雙方繼續兌子，劉教授餘單炮，雙兵過河。神童剩馬包卒，士象全。劉教授攻勢漸弱。神童的小卒入九宮重地，劉教授固守陣地一角，終不免仕相支離，老帥被擒。程凌計算時間，不過十二分鍾。

張士嘉叫停。老龔送上橘子水，劉教授一飲而盡。程凌覺得有點殘忍，眼看劉教授一步步走向預定的結局，毫無還手的餘地，好像一個人蒙了眼睛挨打。弟弟翻開棋譜，低聲說：

「第二局還要精彩，只差一卒一象，他會輸得更痛苦，一步步被逼入絕境。」

「還是殘局致勝？」

弟弟點頭。程凌突然覺得不對勁。神童連贏兩盤棋，三局兩勝，第三局就不必下了。神童如果知道如此，何必預測三盤贏棋？弟弟和他怎麼都沒有想到這一點？這是誰的疏忽？神童怎會糊塗到預測三盤贏棋？

程凌正想告訴弟弟，張士嘉從攝影室一頭跑到另一頭，大喊開始。神童先著。飛相。弟弟全身一震。

「奇怪，他飛相，應該走當頭炮。第一著怎麼可能記錯？」

程凌也大喫一驚，連忙拿弟弟的棋譜。明明寫著炮二平五。神童爲甚麼不照著棋譜走？

劉教授也迷惑住，考慮良久，跳馬。程凌看棋譜上寫著馬八進三。劉教授走法並未離譜。神童怎麼搞的？神童低著頭，似乎不加考慮，挺進中央的兵。又是譜上沒有的棋。劉教授看來更加迷惑，舉棋不定，終於飛象。劉教授似乎仍努力依照棋譜下棋，可見神童先前的預測並不錯，是神童自己在別出心裁。他爲甚麼要這樣做？程凌緊揑手中的棋譜，眼看神童又亂走一著。

劉教授終於放棄棋譜的走法，依照棋理回應。場外的程凌和弟弟都呆住了。神童不看他們，低著頭，只顧亂走。中間的小兵被劉教授消滅，反而讓劉教授單卒過河。神童陣法大亂，左右不能呼應。程凌知道孩子本來不會下棋，心想這下要糟。果然劉教授毫不放鬆，攻勢一步緊似一步，移炮跳傌抽俥，沒有幾步棋，神童已經全軍覆沒。只剩一個老帥，輕易被劉教授擒住。

張士嘉又叫停。劉教授站起來伸個懶腰，臉上有了笑容。神童面無表情，剛才一場輸棋，似乎對他完全沒有影響。程凌和弟弟可急壞了，把神童拉到攝影場一扇屏風後面。弟弟質問神童，爲甚麼不按棋譜落子。孩子低著頭不說話。弟弟更急，問他難道背不出棋譜，還是太緊張忘記了。孩子仍舊不說話。張士嘉也走過來問：

「怎麼搞的？第二盤居然輸掉了。」

弟弟解釋說神童沒有按照棋譜下。張士嘉大急，嗓門不由得提高。程凌阻止他。張士嘉說下一盤千萬要贏，神童一定要按譜走棋。程凌說現在按譜走恐怕已沒用。神童一旦打破自己的預測，誰也不知道剩餘的預測是否仍舊有效。張士嘉搓著手，急得團團轉。老龔在喊他，張士嘉只好走開。這時神童緩緩抬起頭來，平靜的說：

「我自己會下。」

程凌驚訝的看神童。孩子目光一閃，一刹那間，程凌似乎又面對那深不可測的眼神。程凌再定睛看時，孩子的目光頓斂，變得遲鈍無神。程凌不知道該說些甚麼。他感到一陣興奮。孩子也許還是神童，並沒有喪失他的異能？也許他能像開關似的把自己的眼神關掉？程凌想問問孩子，張士嘉跑過來催促神童上場。

「我們繼續比賽。」張士嘉神情沮喪。「好歹對付完最後一盤，你還是依棋譜下吧。輸了也沒辦法。」

孩子不說話，默默跟隨張士嘉走到水銀燈中央。劉教授正對丁玉梅講一個笑話，丁玉梅掩著嘴不住的笑。程凌注意到電視公司新聞採訪組的王小姐也來了，張士嘉拉著她耳語。劉教授和神童又坐在棋盤前，第三局開始。

劉教授走當頭炮，神童應屏風馬。程凌和弟弟檢查了棋譜，不是棋譜記載的走法。神童顯然自己採取主動，完全放棄背誦棋譜。程凌不禁佩服神童的勇氣。他明白神童正面臨一個絕大考驗。神童不願依賴他對未來的預測，他自己要下這一盤棋！程凌對神童欽佩的心情油然而生。他又替孩子擔憂。孩子贏得了這盤棋嗎？程凌不禁暗暗捏一把冷汗。

下棋的兩個人，落子越來越慢。劉教授又開始擦汗。神童兩眼緊盯住棋盤，一個大頭紋風不動。棋盤上雙方仍勢均力敵。神童和劉教授開始兌子，各損失一馬一炮，局面仍沒有顯著變化。神童將馬包移往一側，向前方施壓力，要求兌換劉教授的俥。劉教授考慮了一會，決定兌換。棋盤上變成劉教授的俥傌炮對神童的雙車。弟弟低聲說：

「神童吃虧了。劉教授善用傌炮聯合作戰。神童不一定擋得住。」

程凌也看出局勢對神童不利。劉教授節節進逼，孩子的雙車似乎窮於應付，雖然消滅了劉教授的過河兵，卻不能阻擋俥傌炮的聯合攻勢。劉教授臉上浮現笑容。程凌心裡非常緊張。看看神童，孩子雙目低垂，倒沒有緊張的神色。劉教授的傌炮在俥的掩護下前進，神童以聯車逼迫劉教授換俥。劉教授撤回俥，不料自己的傌竟陷入重圍，無法脫身。劉教授臉色凝重，終於以傌換取神童的象。神童老將的威脅頓減，雙車齊出，又逼迫劉教授兌俥。這次劉教授無法逃避。換俥之後，盤面只剩劉教授的單炮對神童的單車。等到神童兩隻卒子過河，劉教授雖然有心再守，卻已無力阻擋神童破去仕相的最後防線。弟弟高興得叫起來：

「神童贏了！」

那邊張士嘉、丁玉梅、王小姐和老龔也在鼓掌。劉教授搖搖頭，握住神童的小手說：

「你贏了。我先向你道賀。」

眾人簇擁著神童。孩子低著頭，並沒有十分興奮的神情。張士嘉要眾人稍稍退後。丁玉梅對著電視攝影機宣佈小神童是棋賽的勝利者，要劉教授講幾句話。劉教授簡單分析了三局棋，自己如何大意失荊州，著實恭維了神童幾句。大家再度熱烈鼓掌。水銀燈現在熄滅了。眾人都圍上來。一些電視公司的工作人員，也跑來看小神童。程凌被擠到圈外，劉教授也被擠出來，看到程凌，苦笑說：

「你調教出來的好徒弟。想不到他下象棋竟能夠看出我的破綻，眞不容易。他是個天才，將來大有前途。」

程凌安慰劉教授幾句，劉教授倒達觀的說：

「長江後浪推前浪，我也該退出棋壇了。大家看，我們未來的棋王！」

眾人都看著神童。孩子咧開嘴，無聲無息的笑了。程凌擠過去，很意外的，他發現孩子的目光仍舊是一個十二、三歲少年的目光。那深不可測的眼神到哪兒去了？孩子還能夠預測未來嗎？程凌仔細觀察神童。孩子並不注意他，祇是無聲的笑著。程凌想抓住孩子問個清楚，張士嘉打斷他的話，說要帶孩子去見總經理，然後再錄一段電視新聞。張士嘉、丁玉梅和王小姐擁著神童走了。神童一走，眾人便都散去，只剩下劉教授和程凌兄弟。劉教授有些落寞的神色。張士嘉帶走神童，連招呼他都忘記，完全把劉教授撇在一邊。程凌想張士嘉就是這種人，有求於你時滿嘴甜語，事後立刻一腳踢開，白眼都不瞧一下。他和弟弟陪劉教授聊了一陣，仍不見張士嘉的影子。工人進來重新佈置攝影場，他們只好離開。劉教授說要回工廠看看，問程凌和弟弟是否願意搭便車。程凌說不用了。弟弟問：

「老師，您剛才講的故事，眞有這回事？」

「當然是眞的。他是我這輩子唯一佩服的人。」劉教授想了想，說：「他還講過，反正都是混，就看你決心大混還是小混。你如果對一切都認眞，不妨大混。如果你不在乎，不如小混。結果都一樣。」

「老師自己呢？」

「我願意小混。」劉教授拍拍弟弟的肩膀，「隨便跟你聊聊，回學校不要對同學亂講，不然他們看我這個老師未免太……哈。不過一場遊戲，何必認眞？」

劉教授大跨步走開，弟弟望著他的背影說：

「劉教授雖然愛蓋，人還不壞。」

程凌點點頭。他對劉教授反而有幾分歉疚。自己佈置了這場棋賽，劉教授吃了虧，還處之泰然，也算有風度的了。也許劉教授眞能夠視世事如遊戲？倒看錯了他。程凌回想剛才的棋賽，覺得十分困惑。神童竟然贏了！他不靠預測的棋譜，居然能擊敗劉教授。神童說不定的確有下象棋的天才。他不必利用他未卜先知的本領，也能下棋。說不定神童並沒有未卜先知的異稟？一切都可能是巧合。程凌想起孩子捉摸不定的眼神，越覺困惑。弟弟在旁催促：

「我們回家吧。」

「我想再和神童談談。」

「急甚麼，明天我們去他家找他。放心，現在沒有人再會打他的主意。大家都以爲他不過是一個普通的小孩。」

「他不是普通人。」程凌喃喃說，「我知道他不是普通人。」

「他當然不是普通人。」弟弟笑著說，「他是小棋王。走，我們趕快回家。晚上有少棒賽轉播！」

16

第二天一早，程凌喚醒弟弟，要弟弟陪他去神童家。弟弟睡眼惺忪，剛爬起來又躺在客廳沙發上休息。程凌罵弟弟不中用，自己先穿好衣服，弟弟又已呼呼睡熟，程凌只好一個人出門。昨晚少棒賽轉播，搞到半夜三點，程凌和母親支持不住先睡，弟弟卻堅持看到底，難怪起不來。公寓大門外，林先生正在擦拭車窗玻璃，對程凌愉快的揮手。

「哇早。昨晚看少棒賽沒有？」

「看了一半。一面倒，沒有意思。美國人根本打不過我們。」

「你有沒有看到米國隊那個投手？喔，眞大塊，跑起來全身的肉都會動。」林先生模倣美國隊投手跑步的姿態，笑得合不攏嘴。「兩百多磅，有甚麼用？我們一樣打後母輪！」

「林先生，昨天晚上還有一場精采的象棋比賽。你也看到了吧？」

「甚麼象棋比賽？」林先生顯然毫無印象。程凌告訴他神童世界播出一場象棋比賽，有一個十歲的小孩子擊敗從前的全省象棋冠軍。林先生搔搔頭。

「我從來不看這個節目。問我的小孩子也許知道。」他又回去擦車窗。

程凌微感失望。張士嘉聰明一世，糊塗一時，甚麼事都安排好，唯獨棋賽的時間沒有選對。人們的注意力都集中在少棒賽上面，誰會去看一個平凡的小孩下象棋？早曉得效果不理想，應該勸張士嘉延遲一星期播出。程凌轉念一想，又覺得這樣反而好。人們沒有注意到這場棋賽，五子棋神童也不曾一鳴驚人，下一個星期，張士嘉會推出新的神童。再下一個星期，又有新的神童……沒有人會再來麻煩他，也沒有人會想利用神童發財。一切反而更好。

他跳上公共汽車。程凌看到草堆裡的水牛探出頭來，做長鳴狀，伸長脖子，似乎就要叫了。程凌屏息等待著，水牛又縮回草堆，仍然沒有叫。也許是一條啞牛。世界上有沒有啞牛？程凌從來沒有聽人家說過，啞牛是耳聾口啞？也許世上眞有一種啞牛？也許那條水牛正是啞牛。程凌想到水牛啞啞作狀的表情，不禁笑了。

程凌找到神童的家，撳下電鈴。過了好久，才有一位中年婦人來開門，很奇怪的打量程凌。程凌解釋他想找神童談談，他是電視公司派來的人。中年婦人說：

「你們公司的張先生在這裡，你們認得？」

程凌忙說他們是同事。張士嘉正坐在客廳和神童聊天，看到程凌，舉起手裡的紅紙包，對中年婦人說：

「程胖，你來的正好。我代表公司送獎金給小棋王。這本存摺裡有一萬元，請你替小棋王收下。」

神童的母親很高興，叫神童向張士嘉道謝。孩子站起來迅速對張士嘉一鞠躬，張士嘉連聲說不必謝他，應該謝那位程叔叔。程凌說這是孩子應得的獎賞。孩子的母親進去泡茶。程凌乘機對張士嘉說：

「可惜昨晚有少棒賽，我看沒有多少人收看神童世界。」

張士嘉嘆口氣。

「其實我早就想到了。我本來有意改期，就是因為神童失常，我怕他贏不了，所以打算糊裡糊塗搞掉……早知他有把握贏，我可以更多做宣傳。昨天贏得眞驚險。第二盤莫名其妙輸了，我心裡好急。幸好第三盤又扳回來。」

程凌看神童。孩子仍默默垂著頭。張士嘉又說：

「我也考慮到，神童只能靠預測下這三盤棋，大力捧他也沒有用。棋王要不斷和人比賽才會轟動。你看他還能不能再下棋？」

程凌正要回答，孩子抬起頭來說：

「我自己會下。」

張士嘉瞇起眼，似乎弄不懂神童的意思。程凌說：

「他意思是不靠預測，他自己憑棋力下。」

張士嘉笑了。

「你哪裡有甚麼棋力。告訴我，你還能不能未卜先知？」

程凌一眼瞥見孩子目光閃動。孩子卻說：

「我不會未卜先知。我要自己下棋。」

他在說謊，程凌想。張士嘉站起來。

「既然你不會未卜先知，也就罷了。好在神童世界再播出幾次就要停播，我從此不必費大勁發掘甚麼神童。昨天總經理告訴我，他要我籌劃一個新的綜藝節目。我早就想搞綜藝節目了。有唱有跳，容易討好得多。碰巧歌星被人抓去拍裸照，更可以大搞噱頭。你想，誰肯拍神童的裸照？」

「原來如此。難怪你不急。」程凌想起另一個問題，「丁玉梅呢？她是新節目的主持人？」

「要看公司方面的意思。丁玉梅臉孔漂亮，動作嫌呆板些，我不知道她是否能勝任愉快。」張士嘉說，「你不必替她操心，我一定會照顧她。我也要請你擔任我們的藝術指導。我們永遠是一個班底，對不對？」

程凌不說話。他不願得罪張士嘉，卻不免替丁玉梅叫屈。等會應該去安慰丁玉梅，她恐怕還不知道張士嘉要撵她呢。

中年婦人端著熱茶和糕點出來，張士嘉說他必須告辭。中年婦人千恩萬謝送他出門。程凌握住神童的手。這是他唯一的機會和孩子單獨在一起。他仔細注意孩子的眼神。孩子也在看他。孩子並沒有逃避他。也許孩子明白程凌完全誠心誠意？程凌對孩子說：

「我再也不會來打擾你了。希望你告訴我，你究竟能不能未卜先知？」

孩子看著他。程凌突然感覺到孩子目光一片笑意。孩子並不孤獨，程凌想。孩子並不是不關心世界，他的目光正流露出暖和的柔情。孩子說：

「我不需要未卜先知。我自己會下。我喜歡下棋。你願意陪我下棋嗎？」

程凌的心情鬆懈了。他想起自己的畫。他還能夠畫。他並沒有放棄。他對自己說，你不必替神童擔心。一切都很好。你只要盡力而爲。你不必替任何人擔心，一切都很好。

孩子拿出棋盤，又從茶几下面搬來黑白兩盒棋子。中年婦人帶上門，看他們在下棋，也不來打擾。一切都靜悄悄的，程凌可以聽到巷子裡孩子們笑鬧的聲音和遠處的汽車聲。他和孩子下了幾盤五子棋，孩子只輸了一盤。程凌撿起棋子。孩子把棋盤和棋盒收好。程凌對孩子說：

「我走了。」

孩子無聲的咧開嘴笑著。這一瞬間，程凌似乎又看到孩子烏黑的眸子閃動，他的眼神深不可測。

程凌走到巷口公共電話亭，投入一個銅幣。電話鈴響了一會，才傳來小董的聲音。

「我是程凌。早上有沒有人找我？」

「沒有人吧。」小董的語音拖得很長，程凌可以想像小董的表情，推著金邊眼鏡，慢慢的打呵欠。「今天早上誰都沒來，連小妹也沒來。以後打完少棒，應該全國放假一天。對了。昨天下午，有一位毛經理打電話來。你跟他談過設計郵購目錄？我說你會再跟他聯絡。以後這類事情，最好先告訴我一聲。」

「好的。我立刻來公司。」

程凌走出巷口。幾個孩子正坐在一棵大榕樹底下吹肥皀泡。程凌抬頭一看，一個個肥皀泡從他頭頂飄過。早晨的太陽映在肥皀泡上，每個肥皀泡都是五彩繽紛的透明球。

程凌盯住飛昇得最高的肥皂泡。肥皂泡恰和太陽重疊，一束耀目的光華從肥皂泡射出。然後它炸散開，瑰麗的色彩化成一點點微細的水滴。程凌看到另一群肥皂泡昇起，而後隨風飄散。

《棋王》新版後記

《棋王》成書到現在，剛好滿二十年。在中國時報連載時險遭腰斬，幸虧副刊主編高信疆極力堅持，才勉強刊完。以為這本書一定沒有人讀，沒有想到二十年來卻成為我的作品裡最受讀者歡迎的一本。

三月間，到香港中文大學崇基書院講學，接到一封信。寫信的同學是聯合書院中國語言及文學系三年級余家強，在信裡說：

中學時拜讀您的《棋王》，很深很深地受感染。最近東施效顰也寫了一篇《棋王》，僥倖獲得本屆青年文學獎。現將拙作奉上，作為對閣下的一種致意，也希望多多賜正。

一篇小說能激發這樣的反響，大約也沒有甚麼可以遺憾的了。許多人問我，自己最喜歡哪篇作品。作家當然永遠最喜歡正在寫的一篇，否則如何能夠繼續寫下去？但是《棋王》倒的確是我心愛的作品，或許因爲其中的一點赤子之心吧。年歲愈長，愈覺自己俗不可耐，又無計可施，所以每逢年輕朋友說喜歡《棋王》，總令我既感且愧。

《棋王》也是我的作品裡被改編次數最多的。電影、電視劇、歌舞劇……史丹福大學語言中心且採用爲華語教材。其中以許博允的新象中心推出《棋王》歌舞劇，最爲大膽！虧他邀來許多朋友幫忙：李泰祥作曲、聶光炎舞台設計、三毛編劇、張艾嘉演丁玉梅、齊秦演程凌。演出當晚，許博允對我說：「系國，演完棋王我就垮了。」我還以爲他在說笑話，《棋王》公演後，新象果然垮了。這歌舞劇其實不錯，可惜排演太倉促，如果將來有機會，我打算重新整理劇本，把它改編成小劇場可以演出的歌舞劇，也不枉博允兄等當初熱心一場，了卻我一樁心願。

張系國

一九九二年六月八日

洪範文學叢書㊲

棋王

著　者：張系國
出 版 者：洪範書店有限公司
　臺北市廈門街一一三巷一七—一號二樓
　電話　（〇二）二三六五七五七七
　傳眞　（〇二）二三六八三〇〇一
　郵撥　〇一〇七四〇二—〇
　行政院新聞局局版臺業字第一四二五號
香港代理：田園書屋（九龍西洋菜街五十六號二樓）
法律顧問：陳長文　蕭雄淋
初　　版：一九七八年十一月
七十三印：二〇〇七年九月

定價一八〇元
（缺頁破損裝訂錯誤請寄回調換）

ISBN　978-957-9525-43-5

國家圖書館出版品預行編目資料

棋王／張系國著. --初版. --臺北市；洪範,
民67
面；　公分. --（洪範文學叢書：37）

ISBN 978-957-9525-43-5（平裝）

857.7　　81001850